平凡三集

- 五言绝句
- 五言律诗
- 七言绝句
- 七言律诗
- 词

帅小平 著

哈尔滨出版社
HARBIN PUBLISHING HOUSE

图书在版编目（CIP）数据

平凡三集 / 帅小平著. -- 哈尔滨：哈尔滨出版社，
2024. 9. -- ISBN 978-7-5484-8197-3
Ⅰ. I227
中国国家版本馆 CIP 数据核字第 2024JK3222 号

书　　名：	平凡三集 PINGFAN SANJI
作　　者：	帅小平　著
责任编辑：	魏英璐

出版发行：哈尔滨出版社（Harbin Publishing House）
社　　址：哈尔滨市香坊区泰山路 82-9 号　　邮编：150090
经　　销：全国新华书店
印　　刷：四川科德彩色数码科技有限公司
网　　址：www.hrbcbs.com
E-mail：hrbcbs@yeah.net
编辑版权热线：（0451）87900271　87900272
销售热线：（0451）87900202　87900203

开　本：880mm×1230mm　1/32　　印张：6.375　　字数：118 千字
版　次：2024 年 9 月第 1 版
印　次：2025 年 1 月第 1 次印刷
书　号：ISBN 978-7-5484-8197-3
定　价：60.00 元

凡购本社图书发现印装错误，请与本社印制部联系调换。**服务热线**：（0451）87900279

序
——醉翁故里诗韵长
康　泰

龙年春节后，帅小平同志发给我一部他即将付梓的诗集的电子版，谦虚地请我指正，作个序。我一惊：记得他2020年出版了一本《平凡诗集》，2022年出版了一本《平凡续集》，今年2024年又要出版一本《平凡三集》——时间过得真快。小平属兔，去年退休，退休仅一年就又出一部诗集，这是抱诗同时间赛跑？

时间过得真快。我于2023年1月辞去当了两届（2012年—2023年）的吉安市庐陵诗词学会会长，也一年多了。我想，帅小平要我为他的这部诗集说两句，主因是我们是诗友、同人，我曾任庐陵诗词学会会长，而他是永丰县诗词楹联学会会长，彼此熟悉吧。2012年前，吉安市只有4个县一级的诗词组织，到2021年实现全市全覆盖。就是在那年，庐陵诗词学会积极下县联络，找领导汇报、帮助，他们在县委县政府的大力支持下，组建成立永丰县诗词楹联学会,小平选任首届会长。

永丰是庐陵先贤、世界级文化名人"唐宋八大家"之一的欧阳修故里。自号"醉翁"的大文人欧阳修是政治家、史学家、金石家,也是诗词大家。当今永丰诗人泽被其光芒。散步"修长城"之余,我点击小平的第三部诗集《平凡三集》电子版(其三部诗集共收入诗词1700多首),脑海浮起"醉翁故里诗韵长"这句话。

永丰人帅小平,人如其姓,长得帅——一种厚道谦虚寡言力行的帅。例如,他为自己取的笔名、网名叫"平凡人",故其三本诗集之名均有"平凡"二字。读其诗词,不可谓平凡。

小平曾当兵,有军人的守纪。退伍后一直在林业大县永丰县林业部门工作,有树木的挺拔。他喜欢阅读,醉心于古典文学、文史及诗词。在长期的阅读中渐渐偏向对诗词的酷爱,笔耕不辍,不少格律诗词、现代诗、散文作品散见于《中华诗词》《中华文学》《世界汉语文学》《江西诗苑》《井冈文学》等报刊和网络平台,并有作品获奖。他任县诗词学会会长后,创建了《永叔诗刊》,县里每年都举办谷雨诗会,采风不亦乐乎,大力推广中华诗词文化。作为同人,我深以为喜。

《平凡三集》是作者继其《平凡诗集》《平凡续集》之后的一部新作。"三"为多,可见作者的勤奋,可喜作者的丰收。"三生万物"。《平凡三集》收入作者近年来创作的五百多首作品，分为五言绝句、五言律诗、七言绝句、七言律诗和词五个方面编排，颇为洋洋大观。该诗集作品新韵旧韵兼备，题材广泛、立意深远，内容涵盖咏物、写景、叙事、抒怀等，时代的风云雷电、家乡的山川草木、个人的生活日常、平时的所思所虑尽皆入诗。读其诗作，语句流畅如述家常，却又颇凝练含蓄，涵蕴丰富。诗行之间，情感强烈，情景交融，意境深远，以情动人。细细品味，情思缠绵，余味悠然。南宁大学教授、博士生导师刘兴超先生，对作者的绝句评价是："已经形成个人风格"。

纵观《平凡三集》的诗作，颇有佳句、精品。例如《筷子》："赴席必成双，洗涮同一缸。遍尝凡世味，冷热不开腔。"但其少数作品还可以精益求精，一些应酬之作、应景之句要么少做，要么必须有真情实感的鲜活独特文字。诸如《停电》"壬寅今入秋，酷暑几时遛。通夜降温急，电工方抢修"之类的诗应当少做或不做。一些诗作题目太大但句子较空，尤其值得注意。相信作者在今后的诗词创作中，能做到数量与质量并驾齐驱。

从《平凡三集》的诗作可以初步看出作者对传统诗词的"价值和创新"的追求。其价值就是弘扬中华优秀传统文化。让唐诗宋词的文化自信，与世界先进文化交融、比肩、共赏，同创人类美好明天。其创新就是与时俱进。格律诗创作也应该顺应时代特征，用时代语言，发普众之声；诗词用语时代化、通俗化、新颖化。

让普通的读者能够读懂格律诗词，读进心里，真正感受到中华诗词之美；让更多的国人能笔写口占格律诗词，让传统诗词之光在醉翁故里、在庐陵、在神州普照，这是我们共同的努力与渴望。

是为序。

2024 年 3 月

（康泰：原吉安市政协副主席、井冈山大学副校长、庐陵诗词学会会长）

目　　录

卷一　五言绝句

金蟾（新韵）　002	记梦·山行二首（新韵）　005
虾（新韵）　002	小雪（新韵）　006
一对刺猬（新韵）　002	静夜（平水韵）　006
自嘲（新韵）　002	除夕（平水韵）　006
退休人（新韵）　003	探春（新韵）　006
荷花（新韵）　003	戏象家不分（平水韵）　007
记东京奥运会首金（新韵）　003	伤秋（平水韵）　007
	早春南风天二首（平水韵）　007
梦游虎门二首（新韵）　004	
题菊花石（新韵）　004	剑（平水韵）　008
菊（新韵）　004	暮春（平水韵）　008
东篱采菊（新韵）　004	登吉水大东山（平水韵）　008
戏语（新韵）　005	拜谒云隐禅寺三首（平水韵）　009
闻说千年银杏树质疑（新韵）　005	端午吊先贤（平水韵）　009

云（平水韵）	010	祈愿（平水韵）	016
金银花（平水韵）	010	亲民工程（平水韵）	016
酒二首（平水韵）	010	再次孤江行（平水韵）	017
筷子（平水韵）	011	夏晨（平水韵）	017
下乡戏作（顶针格）	011	孤村（平水韵）	017
停电（平水韵）	011	散闲（平水韵）	017
人工降雨（平水韵）	011	大暑（平水韵）	018
沈园（平水韵）	012	享乐闲（平水韵）	018
壬寅中秋（平水韵）	012	癸卯中元（平水韵）	018
晨检（平水韵）	012	盘点二首（平水韵）	018
人生知己贵（平水韵）	012	寒村（平水韵）	019
菊（平水韵）	013	记第十九届杭州亚运会	
重九（平水韵）	013	（平水韵）	019
镜子（平水韵）	013	馥郁满园（平水韵）	019
冬雨寒（平水韵）	013	秋景二首（平水韵）	020
仲冬（平水韵）	014	闲情漫步（平水韵）	020
迎新（平水韵）	014	山寺（平水韵）	020
立春（平水韵）	014	感怀（平水韵）	021
近来（平水韵）	014	滨江闲逛二首（平水韵）	021
癸卯元宵节（平水韵）	015	童言二首（平水韵）	021
兰（平水韵）	015	癸卯孟冬（平水韵）	022
众草（平水韵）	015	游京杭运河——嘉兴段	
谷雨（平水韵）	015	（平水韵）	022
哭闹向红尘（平水韵）	016	记梦（平水韵）	022
蛙（平水韵）	016	林壑趣（平水韵）	023

严寒（平水韵）	023	闲吟（平水韵）	024
追忆（平水韵）	023	年夜（平水韵）	024
创卫（平水韵）	023	除夕（平水韵）	025
雪（平水韵）	024	过年（平水韵）	025
小寒闲吟（平水韵）	024	哂俊超（平水韵）	025

卷二　五言律诗

夏（新韵）	028	抒怀（平水韵）	033
乡趣（新韵）	028	喜迎春雪（平水韵）	033
感怀（新韵）	028	初夏（平水韵）	033
步韵南惠萍老师《无题》（平水韵）	029	夏至寄怀（平水韵）	034
		遣兴（平水韵）	034
寒露（新韵）	029	周末（平水韵）	034
暮秋夜（新韵）	029	畅饮之怡（平水韵）	035
闲吟（新韵）	030	闲吟二首（平水韵）	035
无题（新韵）	030	山居（平水韵）	036
冬日感怀（新韵）	030	念家严（平水韵）	036
岁末寄怀（平水韵）	031	癸卯秋夜作（平水韵）	036
感怀（平水韵）	031	夜（平水韵）	037
深夜清吟（平水韵）	031	遣兴（平水韵）	037
新年抒怀（平水韵）	032	笑乐翁（平水韵）	037
人日（平水韵）	032	秋日（平水韵）	038
步韵刘长卿《新年作》（平水韵）	032	丹枫（平水韵）	038
		遣怀（平水韵）	038

寒露（平水韵）	039	癸卯冬闲吟（平水韵）	043
究怀（平水韵）	039	癸卯冬至思怀（平水韵）	043
登嵊峰山（顶针格）	039	菊（平水韵）	043
夜登文丰阁（平水韵）	040	严冬偶感（平水韵）	044
忆砍柴（平水韵）	040	依韵王香谷会长《老近诗书》	
感怀（平水韵）	040	（平水韵）	044
自嘲（平水韵）	041	冬雪（平水韵）	044
感怀（平水韵）	041	癸卯冬雪后作（平水韵）	045
勿怨不如意（平水韵）	041	浙西访宗亲（平水韵）	045
孟冬（平水韵）	042	甲辰春再登嵊峰山（平水韵）	
江湖（平水韵）	042		045
致宗亲燮琅（平水韵）	042		

卷三　七言绝句

建党百年颂（新韵）	048	母亲（新韵）	051
无题（新韵）	048	辛丑"五一"放假西湖	
清明祭二首（新韵）	048	小憩（新韵）	052
踏青（新韵）	049	运河（新韵）	052
暮春二首（新韵）	049	圣地南湖（新韵）	052
记梦二首（新韵）	050	韶华（新韵）	053
清明（新韵）	050	记运河支流多画舫（新韵）	
庆永丰县诗词学会成立			053
（新韵）	051	忆红船（新韵）	053
谷雨夜寒（新韵）	051	江堤（新韵）	054

悼袁隆平、吴孟超两院士（新韵） 054	题菊花石（一组）（新韵） 062
示儿（平水韵） 054	庐陵诗词微刊周年庆（平水韵） 063
鹏（新韵） 055	梦幻（新韵） 063
闲吟（新韵） 055	山居（新韵） 063
食榆钱（新韵） 055	我欠秋天一首诗（新韵） 064
欲雨却遇晴（新韵） 056	中秋夜（新韵） 064
漫步荷池（新韵） 056	中秋（新韵） 064
示少年（新韵） 056	无题（新韵） 065
卢沟桥（新韵） 057	寒露（新韵） 065
暑夏（新韵） 057	夏暮西湖 065
感怀（新韵） 057	伞（新韵） 066
悯农（新韵） 058	送别（新韵） 066
军旅情怀（新韵） 058	无题（新韵） 066
扇子（新韵） 058	螃蟹（新韵） 067
切除瘤子有感（新韵） 059	辛丑仲秋（新韵） 067
绝句（新韵） 059	辛丑立冬（新韵） 067
酗饮者（新韵） 059	饯别（新韵） 068
军魂颂二首（新韵） 060	自嘲（新韵） 068
话七夕（新韵） 060	诗怀（新韵） 068
初秋下乡（新韵） 061	遣怀二首（平水韵） 069
绝句（新韵） 061	展望（平水韵） 069
梦游虎门（新韵） 061	乞雪（平水韵） 070
探月（新韵） 062	雪（平水韵） 070
最美林业人（新韵） 062	刘禹锡（平水韵） 070

虎年说虎（平水韵）	071
辞旧迎新（平水韵）	071
李煜（平水韵）	071
怀旧（平水韵）	072
新春试笔（平水韵）	072
入夜（新韵）	072
久雨初霁（平水韵）	073
三八赞（平水韵）	073
踏春（平水韵）	073
念孙女（平水韵）	074
题孤江二首（平水韵）	074
植树（平水韵）	075
踏春二首（平水韵）	075
春分（平水韵）	076
梦入庞家山禅院（平水韵）	076
梦入庞家山禅院之二（平水韵）	076
贺《翰林国粹诗刊》成立六周年（平水韵）	077
咏桃花二首（平水韵）	077
清明（平水韵）	078
赏春（平水韵）	078
春晨（平水韵）	078
暮春（平水韵）	079
惜春（平水韵）	079
时弊（平水韵）	079
初夏二首（平水韵）	080
戏说学书（平水韵）	080
人生（平水韵）	081
"世界读书日"寄怀	081
栀子花（平水韵）	081
退休吟（平水韵）	082
六一聚（平水韵）	082
壬寅端午寄（平水韵）	083
自嘲（平水韵）	083
心平（平水韵）	083
时夏（平水韵）	084
建党101周年颂（平水韵）	084
钱伟长（平水韵）	084
再探孤江（平水韵）	085
八一颂（平水韵）	085
自嘲（平水韵）	085
喜迎二十大（平水韵）	086
渡口坐思（平水韵）	086
戏说《红楼梦》（平水韵）	086
赏月（平水韵）	087
壬寅中秋（平水韵）	087

秋分（平水韵）	087	乡隅（平水韵）	095
秋（平水韵）	088	螃蟹（平水韵）	095
秋晨（平水韵）	088	辞旧（平水韵）	095
旱殃（平水韵）	088	小年吟（平水韵）	096
秋声（平水韵）	089	癸卯初采风（平水韵）	096
遣怀（平水韵）	089	癸卯春节家宴（平水韵）	096
寒露（平水韵）	089	绝句（平水韵）	097
人类利用太阳能（平水韵）	090	赞长丰酒业（平水韵）	097
喜迎二十大召开（平水韵）	090	小草（平水韵）	097
观钓（平水韵）	090	原乡情（平水韵）	098
残荷（平水韵）	091	桃溪吟（平水韵）	098
与孙女视频（平水韵）	091	题图（平水韵）	098
枯荷（平水韵）	091	桃花情（平水韵）	099
路遇（平水韵）	092	春吟（平水韵）	099
闲绪（平水韵）	092	贺省诗词学会六代会召开（平水韵）	099
和诗友（平水韵）	092	庐陵谷雨诗会（平水韵）	100
冬柿红（平水韵）	093	清明家祭（平水韵）	100
金溪古村（平水韵）	093	惜春	100
西阳宫（平水韵）	093	茶园行（平水韵）	101
河下古村（平水韵）	094	采茶女（平水韵）	101
老圩（平水韵）	094	游西南湖生态公园（平水韵）	101
游国家农业儿童公园（平水韵）	094	携孙女——帅征游秀州湖二首（平水韵）	102

007

初夏（平水韵） 102	秋日（平水韵） 111
惜春（平水韵） 103	拜谒大东山（平水韵） 111
嵌"卷帘犹看落花深"二首	望仙谷二首（平水韵） 111
（平水韵） 103	游三清山（平水韵） 112
帅氏宗亲联谊会七代会	庐陵诗词学会六代会（换届）
（平水韵） 104	有寄（平水韵） 112
大院（平水韵） 104	癸卯中秋（平水韵） 113
春（平水韵） 104	诗坛（平水韵） 113
幽思（平水韵） 105	人生（平水韵） 113
醉来（平水韵） 105	退休（平水韵） 114
六一感怀二首（平水韵） 105	人海相逢（平水韵） 114
戏言（平水韵） 106	秋晨（平水韵） 114
闲聊（平水韵） 106	抒怀（平水韵） 115
闲吟（平水韵） 107	秋怨（平水韵） 115
端午醉吟（平水韵） 107	闲思（平水韵） 115
夏（平水韵） 107	重九（平水韵） 116
退休吟（平水韵） 108	从嘉兴去临安探宗亲
七一感怀（平水韵） 108	（平水韵） 116
荔枝（平水韵） 108	深秋（平水韵） 116
仲夏（平水韵） 109	秋（平水韵） 117
夏夜（平水韵） 109	攀登（平水韵） 117
边乡怡人（平水韵） 109	晨曦（平水韵） 117
闲吟（平水韵） 110	余秋（平水韵） 118
抒怀（平水韵） 110	癸卯再登八镜台（平水韵）
立秋（平水韵） 110	118

立冬（孤雁出群格）	118	运河（平水韵）	127
新寒二首（平水韵）	119	甲辰元旦（平水韵）	128
幽居（平水韵）	119	小寒（平水韵）	128
癸卯冬与宗亲红星游西溪（平水韵）	120	梅（平水韵）	128
		闲吟（平水韵）	129
嗤尘凡（平水韵）	120	笃顽（孤雁出群格）	129
冬日遥思（平水韵）	120	寒冬夜（平水韵）	129
戏笔（平水韵）	121	小酌偶兴（平水韵）	130
暮年吟（平水韵）	121	咏兰（平水韵）	130
闲吟二首（平水韵）	122	私言（平水韵）	130
漫步湿地公园（平水韵）	122	腊八次日作（平水韵）	131
新时代农人（平水韵）	123	癸卯大寒（平水韵）	131
寒云（平水韵）	123	冬雪（平水韵）	131
春序（平水韵）	123	新兴一绝（平水韵）	132
叹落英（平水韵）	124	癸卯冬随吟（平水韵）	132
寒夜（平水韵）	124	严冬随吟（平水韵）	132
寒冬友聚（平水韵）	124	菜农（孤雁入群格）（平水韵）	133
感怀（平水韵）	125		
唐宋八大家——欧阳修	125	春雨兆丰年（平水韵）	133
严冬（平水韵）	125	王昭君（平水韵）	133
松（平水韵）	126	自嘲（平水韵）	134
竹（平水韵）	126	秋声（平水韵）	134
梅（平水韵）	126	初夏（平水韵）	134
兰（平水韵）	127	闲吟（平水韵）	135
岁杪抒怀（平水韵）	127	古镇（平水韵）	135

卷四　七言律诗

春晨（新韵）	138	丰乐谷（平水韵）	142
辛丑初夏（新韵）	138	仲秋（平水韵）	142
西湖游（新韵）	138	烟雨下西坊（平水韵）	143
初夏（新韵）	139	冬至（平水韵）	143
再悼吴孟超、袁隆平两院士（新韵）	139	感怀（平水韵）	143
		遣怀（平水韵）	144
六一忆童年（新韵）	139	清欢（平水韵）	144
遣怀（新韵）	140	秋日黄昏（平水韵）	144
周末感遇（新韵）	140	最美林业人（平水韵）	145
白露抒怀（新韵）	140	庐陵吟（平水韵）	145
观电影《长津湖》（新韵）	141	癸卯冬闲吟（平水韵）	145
岁末寄怀（平水韵）	141	幽居（平水韵）	146
无题（平水韵）	141	重阳（新韵）	146
故里行（平水韵）	142		

卷五　词

清平乐·采野菜（新韵）	148	十六字令·莲	150
江城子·夏（钦定词谱）	148	十六字令·虹	150
西江月·端阳逼近箬清香（新韵）	149	十六字令·蝉	151
		鹊桥仙·七夕（欧阳修体）	151
千秋岁·祭正则（黄庭坚体）	149	一剪梅·中秋夜	152

相见欢·假日南湖游	152	忆江南·春晨（白居易体）	
清平乐·晨练	153		163
减字木兰花·晨	153	捣练子·轻步履（冯延巳体）	
卜算子（苏轼体）	154		163
十六字令·晨	154	西江月·初夏（柳永体）	164
忆秦娥·冬夜初雪	155	如梦令·小满（格一）	164
浪淘沙令·缘故作徐行	155	定风波·日上三竿早过晨	
卜算子·冬奥会	156	（欧阳炯体）	165
江城子·春（韦庄体）	156	忆少年（晁补之体）	165
踏莎行·暮春（正体）	157	诉衷情·斜阳漫步（晏殊体）	
西江月·入夏（欧阳炯体）			166
	157	一剪梅·无意闲愁（蒋捷体）	
清平乐·观荷（李白体）	158		166
清平乐·暑夜（李白体）	158	桂殿秋·思往事（正体）	167
酷相思·枉思（程垓体）	159	生查子·昨夜雨犹酣	
清平乐·孟秋登游	159	（韩偓体）	167
蝶恋花·清秋（冯延巳体）		诉衷情·相聚（晏殊体）	168
	160	临江仙·淋雨（徐昌图体）	
浣溪沙·秋意（韩偓体）	160		168
十六字令·冬	161	南乡子·父母苦忧愁	
青玉案·元夕（辛弃疾体）		（冯延巳体）	169
	161	诉衷情·友聚（毛文锡体）	
浣溪沙·踏春（晏殊体）	162		169
诉衷情·春吟（晏殊体）	162	清平乐·曲岸云树	
		（冯延巳体）	170

一剪梅·颂庐陵（周邦彦体）	170	忆秦娥·重阳节（定格）	178
西江月·时农（柳永体）	171	诉衷情令·冬夜寄怀（晏殊体）	178
卜算子·唯有读书好（苏轼体）	171	浣溪沙·忆昔（正格）	179
虞美人·夏夜（毛文锡体）	172	渔歌子·垂竿二首（正体）	179
临江仙·夏夜（苏轼体）	172	天净沙·孟冬（马致远体）	180
渔歌子·山居	173	菩萨蛮·冬日闲思（正体）	180
浪淘沙·永丰吟（正体）	173		
如梦令·成日残蝉惊吵（格一）	174	如梦令·休怨人生不易（格一）	181
鹊桥仙·七夕（欧阳修体）	174	鹧鸪天·偏爱山原宅里居（定格）	181
望江南·恩江好（欧阳修体）	175	浣溪沙·秋思（正格）	182
西江月·笑对花开落（正格）	175	忆秦娥·严冬（定格）	182
鹧鸪天·逍遥莫若正清秋（晏幾道体）	176	浣溪沙·小寒拾趣（正体）	183
浣溪沙·白露（正体）	176	如梦令·冬寒（格一）	183
唐多令·惜别（吴文英体）	177	鹧鸪天·一路驰骋若竞车（正格）	184
浣溪沙·论言（正体）	177	鹧鸪天·中秋又国庆（晏幾道体）	184

卷一

五言绝句

金 蟾（新韵）

静处自安闲，仁和鼓腹圆。
凡尘多意趣，附会已千年。

虾（新韵）

天然本虎威，何故入桌帷。
尘世怀贪妄，腥鲜恋酒杯。

一对刺猬（新韵）

终身尽带梭，银箭胜吴戈。
俗世几人见，戎兵坠爱河。

自 嘲（新韵）

穷凑弄清文，误身还费神。
时贤遭偶遇，莫以郢中吟。

退休人（新韵）

提起退休人，详情苦细陈。
一生勤所业，考迹可长吟。

注：特指把一生奉献给普通岗位的劳动者。

荷　花（新韵）

入夏随风炫，暗香潜寓斋。
清鲜君子爱，小艳满情怀。

记东京奥运会首金（新韵）

东京迎盛会，齐聚尽奇人。
竞技首开日，头魁归女神。

梦游虎门二首（新韵）

（其一）
昔日销魂地，今人娱乐园。
来来往往者，几个忆当年？

题菊花石（新韵）

略观夔凤纹，细览历风尘。
工匠无良手，天然殊物存。

菊（新韵）

八月见霜菊，欣然不倚篱。
孤芳非本意，花事最殊奇。

东篱采菊（新韵）

无意仿陶家，东篱采九华。
眼前冰素色，朵朵斗奇葩。

戏 语（新韵）

一日三食面，常年吾已惯。
软言其味何？无意恶珍馐。

注：面，即煮面条。

闻说千年银杏树质疑（新韵）

一棵银杏树，千载乃生存？
满地枯黄叶，秋雕第几轮？

记梦·山行二首（新韵）

（一）
连天昼夜行，山色渐醺浓。
冈岭多脱叶，涧阿鲜逆萌。

（二）
登山孤老朽，幽境众居民。
相遇森林趣，时风俱懿纯。

小　雪（新韵）

小雪已初寒，农耕不作闲。
民家无淡季，疏剪备春蚕。

静　夜（平水韵）

宵唤窗帷外，追增衾枕寒。
欣逢于盛世，缘故寝难安。

除　夕（平水韵）

良宵不夜天，酥雨润绵绵。
酣声惊梦断，寝兴逾两年。

探　春（新韵）

萌象报春到，风吟候鸟啼。
湖光亲柳色，绽放正时宜。

戏象家不分（平水韵）

老眼视昏花，轻心混象家。
诸君悉鄙意，无责也无夸。

注：上午，我在手机上发一公告（讯息），将"象"字点到了"家"字，几小时后，发现有错，便自嘲题小诗。

伤　秋（平水韵）

疏林漏夕阳，束束更斜长。
秃树啼归鸟，声声诉悴荒。

早春南风天二首（平水韵）

（一）
残寒伴早春，举目尽鲜新。
欣羡时人俏，纱裙裹素身。

（二）

残寒伴早春，举目尽鲜新。
不顾时人笑，短衫套陋身。

剑（平水韵）

愿同侠士仇，千古竞风流。
出鞘真君子，勿怀儿女柔。

暮　春（平水韵）

新绿恩江岸，春随节令残。
吾怜蝉饮客，缘故独凭栏。

登吉水大东山（平水韵）

进入大东山，瑞云灵境间。
隐禅山肋寺，情合定神闲。

拜谒云隐禅寺三首（平水韵）

（一）
云雾罩山巅，羽群林杪旋。
虔诚来访客，有幸共参禅。

（二）
访客馨心行，飘然岚雾迎。
凡人檐下避，片雨瞬时晴。

（三）
访客不沽名，东山正切情。
任由风雨疾，佛眼验贞诚。

端午吊先贤（平水韵）

年年箬叶新，包粽归怀人。
每念忠魂事，孰能过楚臣。

云（平水韵）

舒卷策雷风，颜形万幻中。
神行因弄月，无意占乾穹。

金银花（平水韵）

金银秘密藏，藤蔓独迎阳。
拥者安能富，唯然醒目光。

酒二首（平水韵）

（一）
千古一陶缸，醇和世不双。
豪游环四宇，杯盏可安邦。

（二）
生性闯江湖，醇香喜伴厨。
一升加半斗，烈汉也搀扶。

筷　子（平水韵）

赴席必成双，洗涮同一缸。
遍尝凡世味，冷热不开腔。

下乡戏作（顶针格）

招邀去远乡，乡陌曲绵长。
常恋林家铺，铺间真湛凉。

停　电（平水韵）

壬寅今入秋，酷暑几时遛。
通夜降温急，电工方抢修。

人工降雨（平水韵）

干冰仿悟空，率性闯天宫。
叩请玉皇帝，宜时济阜丰。

沈　园（平水韵）

沈园名四方，留下楚凄伤。
一曲红酥手，痕痕刻壁墙。

壬寅中秋（平水韵）

冷月驻云端，笃人窗内观。
中秋因疠困，自慰守清欢。

晨　检（平水韵）

广播催五更，医务早恭迎。
采样井然序，衔恩人世情。

人生知己贵（平水韵）

人生知己贵，不问彼穷通。
恳愿真情趣，逍遥尘世中。

菊（平水韵）

蟹爪炫东篱，芳颜讨客怡。
露霜侵翠绿，弱骨仰舒眉。

重 九（平水韵）

深秋篱菊黄，寂静沐朝阳。
值守恩江北，莫言攀竹冈。

镜 子（平水韵）

汉镜铸方圆，端详静佛禅。
清明无细语，显影判奸贤。

冬雨寒（平水韵）

连续失时雨，寒冬古罕稀。
厨中无市物，薄酒煮蔬菲。

仲 冬（平水韵）

昨夜灵风劲，今朝数九天。
壬寅无盛事，茂业待来年。

迎 新（平水韵）

寒宵连首尾，一夜两嘉年。
把盏逢英世，高歌颂至贤。

立 春（平水韵）

今始和风俏，轮回又献春。
细观堤岸柳，不日嫩黄新。

近 来（平水韵）

近来疏试作，时日自如梭。
吾辈炫成济，尽皆怜牧歌。

癸卯元宵节（平水韵）

龙腾春夜雨，狮舞古城门。
通旦烟花炫，神州闹上元。

兰（平水韵）

四时恒一色，清馥袭灵人。
不屑凡俗趣，生归隐志臣。

众 草（平水韵）

和风醒软茵，浸染自然身。
不惧炎炎烈，宿仇霜雪湮。

谷 雨（平水韵）

春暮草萋萋，华英尽入泥。
催耕鸣布谷，秧稻绿田畦。

哭闹向红尘（平水韵）

哭闹入红尘，听来犹诉陈。
既然知逆旅，何患是行人。

蛙（平水韵）

耐静比修禅，身轻自养安。
恕颜情似虎，乏力作凶残。

祈　愿（平水韵）

深山冲佛寺，香火正燔燃。
祈请真途近，孰人学种棉。

亲民工程（平水韵）

亲民事例多，亿众俱讴歌。
新近又兴立，家禽统建窝。

注：近一乡政府要求村小组村民统一建鸡窝，而鸡不入新窝。

再次孤江行（平水韵）

同趣山乡去，车环旧履痕。
孤江波碧潋，映射老庐园。

夏　晨（平水韵）

清晨驻码头，水岸柳风柔。
小经黄梅雨，斜飘好遣愁。

孤　村（平水韵）

川水映孤灯，堤斜连土塍。
客途无唤应，乡意又添增。

散　闲（平水韵）

悠闲在退休，无欲自无求。
早晚蹀方步，冬春复夏秋。

大　暑（平水韵）

骄阳犹耀炫，好个暑炎天。
最喜纳凉处，怡心在砚田。

享乐闲（平水韵）

一日守三餐，偶而闲阅看。
寻思颜乐处，无意弄垂竿。

癸卯中元（平水韵）

如练蟾辉澈，柳堤时菊黄。
莲池灯影动，静砌叹声长。

盘点二首（平水韵）

（一）

老朽勤耕作，盼来时果丰。
稽盘营利事，全付把杯中。

(二)
老朽疏经略，是凡能省躬。
思寻无不意，罕见勒铭功。

寒　村（平水韵）

露珠侵木落，坳里素风轻。
山嘴无人候，分明笑语声。

记第十九届杭州亚运会（平水韵）

圣火点清秋，英豪显警遒。
钱塘江浪险，炫目在杭州。

馥郁满园（平水韵）

馥郁出容姿，搅撩吾辈痴。
清秋多秀色，纵览满眸诗。

秋景二首（平水韵）

（一）
环顾秋山景，惊然染艳红。
神奇天地趣，造物乃天公。

（二）
慢赏恩江北，寄情山水间。
谁说难胜意，只要肯登攀。

闲情漫步（平水韵）

落木满枝津，霜云极朴醇。
独怜山水趣，醉悦咏吟人。

山　寺（平水韵）

去回移列岳，岚雾罩琼峰。
深隐青林寺，悠扬传梵钟。

感　怀（平水韵）

芳岁孰能驻，此情千古同。
佳期如晓梦，来去急匆匆。

滨江闲逛二首（平水韵）

（一）

斜阳落珙桐，塔矗叔园中。
素水船犁浪，闲情对昊穹。

注：叔园，即永叔公园。

（二）

白鹭树丫栖，居人漫柳堤。
高楼投影暗，水落起船低。

童言二首（平水韵）

（一）（孤雁入群格）

蒙童可懿纯，真挚对其言。
爷是吾家客，江西有耳闻。

(二)

蒙童可懿纯,真挚向其言。
爷是远来客,江西我祖根。

癸卯孟冬（平水韵）

我本营田户,奇珍一稻稀。
绵延千百顷,收割正时机。

注:这种稻谷晚近一月收割。

游京杭运河——嘉兴段（平水韵）

昔日繁华地,今朝若卧眠。
叹悲隋帝业,负辱百千年。

记　梦（平水韵）

昨夜梦仙源,桃溪犁浪痕。
汉隋遗朴友,唐宋雅风存。

林壑趣（平水韵）

林壑祥云碧，山乡浊酒馋。
心中无杂识，静适鸟呢喃。

严　寒（平水韵）

严寒侵木瘦，冻雨洗山容。
夜半霜风紧，愁肠怜劲松。

追　忆（平水韵）

追忆先前事，思寻已乱头。
光阴何处去，皆尽注奔流。

创　卫（平水韵）

前来创卫人，叹羡自由身。
辛苦串街巷，阿谁为扫尘。

雪（平水韵）

节序自回轮，西风舞向晨。
寒苏深夜至，不染世间尘。

小寒闲吟（平水韵）

深冬又小寒，年景壮心宽。
先辈多佳句，时人学儒酸。

闲 吟（平水韵）

若问现时孤，箪瓢伴紫壶。
尽日犹慵懒，宁愿为书奴。

年 夜（平水韵）

烟花炫碧穹，除夜九州同。
环顾四垠景，中华最调融。

除 夕（平水韵）

癸卯半宵匿，甲辰深夜来。
恩江燃放处，万众胜花开。

过 年（平水韵）

吾悦小孙女，喃喃嚩绛唇。
珍肴还诵味，殊趣在天伦。

哂俊超（平水韵）

俊超怜九号，入夜巷街开。
行至耗燃尽，还家卖力推。

注：九号即九号牌电动车。超甚喜其车，放夜学后，还骑车转悠，电耗尽后推车而返。

五言律诗

卷二

夏（新韵）

芳谢突幽翠，林深涧水闲。
登高寰界阔，眺远起伏绵。
竹户栅门静，学童争诵言。
城区来兴趣，郊域采时鲜。

乡　趣（新韵）

孰道乡民寂，山村逸兴多。
赏心云涧里，悦目彩霞坡。
柳岸凡人戏，湖船抚弄荷。
人生不过此，况复酒诗歌。

感　怀（新韵）

幼蒙家境贫，度命自酸辛。
偶尔登门客，居然讨债人。
如今思过去，往事若朝晨。
还顾来时路，不忍作哀吟。

步韵南惠萍老师《无题》(平水韵)

春心时放纵,不羁任情撩。
冷坐长条凳,闲观独木桥。
胸怀千万绪,来古几逍遥?
破浪扬帆去,江湖好弄潮。

寒 露(新韵)

枯树点昏鸦,云村披皂沙。
霜风吹木叶,露滴驻枝芽。
汀渚飞鸥鹭,支渠潜蟹虾。
迢迢南徙雁,何日至天涯。

暮秋夜(新韵)

今夜欠明月,苍穹罩黯云。
宅居独寂寞,广场众哗吟。
莫叹鬓如雪,开怀水似醇。
菊芬窗外雨,寒噤唤更深。
抱枕衾安卧,酣眠至翌晨。

闲 吟（新韵）

宅居深巷里，休笑善家贫。
衰朽与年少，相容若辈群。
莫言时势异，凡事有成因。
鸿雁虽南徙，寒除自暖春。

无 题（新韵）

欲赎闲置地，勤作细耕犁。
四季精轮种，频年便可期。
每观园圃色，迭次起涟漪。
唯愿山川媚，无觉筋骨疲。

冬日感怀（新韵）

薄寒柳岸行，歇脚望江亭。
亘古同宵月，撩拨异样情。
倚栏观夜色，纵览赏珠星。
环顾今环宇，神州颂盛平。

岁末寄怀 (平水韵)

又是冻寒时,幽怀无早迟。
胸膺积驻念,肺腑蓄遥思。
转眼读星月,悟心填曲词。
故人山外去,情义未迁移。

感 怀 (平水韵)

盘点逝时光,招来泪眼汪。
初春寒刺骨,孟夏闹肌肠。
苦短人生路,幽凄百感伤。
余年何所愿,笔墨自留香。

深夜清吟 (平水韵)

霜夜骤寒森,孤眠伴枕衾。
闲愁无可替,聊尔复轻吟。
不解山中趣,何知世外林。
凡尘多少事,已过好奇心。

新年抒怀（平水韵）

瑞气生佳境，江河万里纯。
泰平闻胜事，盛世话灵人。
泽雨滋生物，和风润肇新。
欢欣当鼓舞，康日省微身。

人　日（平水韵）

人日上云台，熙阳促蕊开。
众欢齐戏荡，独乐自悠哉。
失忘陈年事，心潮时下孩。
孤芳邀共赏，君可入乡来。

步韵刘长卿《新年作》
（平水韵）

初心当念念，穷达乃恬然。
无怨居人下，有怀诸众先。
春归新半月，柳剪古江烟。
旧事何慵诉，欢欣待暮年。

抒　怀（平水韵）

平生何其短，书剑几人成。
胜处遍天下，由缘自苦征。
良田勤种作，沃壤细经营。
积恋杯中物，勿论身后名。

喜迎春雪（平水韵）

瑞叶覆郊寰，开晨现畅颜。
人群皆兴趣，吾自独分颁。
撸起御寒袖，陶然若犷顽。
入春风势转，不日便妖闲。

初　夏（平水韵）

春去众芳残，夏迎葱迭峦。
回池荷透水，曲岸絮巡栏。
闪电携雷疾，狂风催雨湍。
江河条叶荡，老朽细监观。

夏至寄怀（平水韵）

近水细风凉，远山幽径长。
人谋同道趣，树怨互遮阳。
不意流光逝，唯求国运昌。
世情无考鉴，穷达适如常。

遣　兴（平水韵）

素怜诗酒趣，不屑利浮名。
星月映家户，风波润小城。
相权凡世地，同气俗缘情。
白眼事豪贵，江湖笑傲行。

周　末（平水韵）

不问公家事，闲宁于弊居。
泡茶口谌润，搁笔腹无诗。
赴市囊中涩，归旋缓步疲。
生逢今盛世，何患少丰施。

畅饮之怡（平水韵）

把酒显刚柔,倾杯正润喉。
三轮言友敬,五盏话雄谋。
同道当真契,殊途且应酬。
恩江拼赣水,清冽永长流。

闲吟二首（平水韵）

（一）

信步恩江畔,山思自款徐。
环洲旋逝鸟,回水跃游鱼。
旷望萋萋茂,欣然细细疏。
平生无大愿,坚守乃期初。

（二）

退休归故山,耕种水云间。
欣听桃溪脆,陶然自得闲。
晨追朝旭去,暮恋夕晖还。
素鬓多情趣,浓醇润我颜。

山　居（平水韵）

曲径绕山沿，忽儿陡折旋。
中峰云界外，溪涧石林前。
暮夕闻鸣鸟，晓晨观逝川。
穷年依故土，乡意在陂田。

念家严（平水韵）

半百心中事，说来在眼前。
无情穷巷里，有愧遍炊烟。
绝望家严逝，恨犹芳草绵。
劫余虽肃反，每忆泣幽咽。

癸卯秋夜作（平水韵）

眼花怜浩鬓，泪浊惜庞眉。
明月清飙过，薄云丝雨随。
长衫从剑舞，短袖任风吹。
新爽还心静，孤吟七步诗。

夜（平水韵）

银色照庭空，蟾辉伴老翁。
星沉城色静，月落巷幽通。
树杪霜光薄，花前枝影朦。
昏然宵冷寂，浩首对苍穹。

遣 兴（平水韵）

常向五湖心，专于传福音。
田园风景秀，都市梦中寻。
雨日蓬庐掩，晴天豁目襟。
不营无扰惑，岁月荜门深。

注：岁月荜门深即荜门岁月深的倒装。

笑乐翁（平水韵）

老民难讨俏，笑乐一衰翁。
岁月更年少，乾坤易鬓蓬。
平生无达志，尘路友通融。
俯仰行来者，几人幽趣同。

秋　日（平水韵）

秋日渐微凉，霜英骑短墙。
一溪穿旷野，双目尽金黄。
老树枝疏瘦，新田丰稻粮。
远村斜照处，宿鸟正安翔。

丹　枫（平水韵）

丹枫秀盛妆，禾黍已金黄。
云际人形雁，江心蟾影凉。
清辉弥四宇，鲜馥漫山乡。
秋声盈耳绕，唤我几愁肠。

遣　怀（平水韵）

诗书使洒然，学识护公权。
祖辈遗欣愿，儿孙可养贤？
青春谁作返，浩鬓尚鸿延。
岁月无更替，人生百十年。

寒　露（平水韵）

晨露沾轻霜，层林俱染黄。
汀洲孤雁影，阡陌遍空荒。
瘦木风中立，清庭菊骑墙。
朝寒迎景色，满目尽秋光。

究　怀（平水韵）

荣退半分禄，归于政至仁。
康歌邀酒侣，吟咏聚诗民。
草色迷山径，风光撩四邻。
愿情长以此，气象永清纯。

登巘峰山（顶针格）

城外觅仙踪，踪蹊问古松。
松涛知至意，意力表情惊。
惊绕百溪谷，谷连千翠峰。
峰岚幽涧出，出入若腾龙。

夜登文丰阁（平水韵）

玉鉴挂苍穹，山峦起劲风。
园前飞木叶，溪畔卷蒲绒。
登顶石阶退，上楼梯道空。
少年曾我也，今特趣丹枫。

忆砍柴（平水韵）

采樵于巚山，溪涧水潺潺。
坡陡青藤附，路斜甘葛攀。
赶回临正午，顿歇近窀间。
一担百斤重，全程十里还。
白天辛劳事，宵寐梦朝班。

感　怀（平水韵）

平生不得志，奔走世情间。
少壮江湖客，老衰乡梓顽。
徙倚斋前树，静怡城外山。
风光无所谓，聊且作游闲。

自　嘲（平水韵）

豪饮解千愁，狂欢万事休。
诗怀鸿鹄志，赋咏善伐谋。
清冽烹茗荈，温香漫暖流。
我情孤对影，殊趣尚需由？

感　怀（平水韵）

我本一田丁，六零年代生。
适逢于盛世，感遇在升平。
改革农村始，放开都市行。
遍翻千百历，史上最文明。

勿怨不如意（平水韵）

勿怨不如意，开怀有好词。
向来犹染素，何患似银丝。
瘦骨携纤手，微身伴野姿。
无求多势望，唯愿永隆时。

孟 冬（平水韵）

寒风舞玉鳞，旭日映初晨。
柳岸半青色，河堤尽翠茵。
霜侵黄秀萎，露润树枝伸。
万物遵时令，勿须强弄春。

江 湖（平水韵）

江湖若弈棋，难判所形宜。
式式风云幻，招招星斗移。
慎终舒络脉，取势展须眉。
踏浪弄游竞，逆涛精逞奇。

致宗亲燮琅（平水韵）

吾愿尘俗子，咸皆济世才。
虽非承世业，可是运时来。
抛却迂回虑，趋迎主席台。
闻君今敬事，指日执宏裁。

癸卯冬闲吟（平水韵）

棉衣缠瘦骨，闲户卧林居。
田陌敷霜白，窗台映日初。
衰年无所是，静室有农书。
工作新荣退，归来百事疏。

癸卯冬至思怀（平水韵）

亚岁望山冈，思情倍感伤。
新碑阡陌立，往事腹胸藏。
百世祖居地，千年桑梓乡。
万般深眷念，郁结寸心堂。

菊（平水韵）

凝霜气乃神，无意媚时人。
篱下鲜枝绿，世凡金蕊贞。
梅兰傲骨范，松竹志同邻。
依律悠悠咏，怡情亦养身。

严冬偶感（平水韵）

静坐若参禅，凭窗向洞仙。
高楼日影遮，远眺水山绵。
芦苇梢无絮，云村鸟往旋。
孤居冬困倦，不记是何年。

依韵王香谷会长《老近诗书》（平水韵）

壮年钦作诗，花甲学临池。
生活乃知友，江湖我导师。
皆言书兴趣，独作咏情痴。
为炼精华句，拔须搓发丝。

冬 雪（平水韵）

四下琼妃舞，田园风苟随。
林中无鸟迹，廓外罕人为。
陋巷暮灯暗，都街晨景熙。
拥炉身曼暖，老朽享安怡。

癸卯冬雪后作（平水韵）

酷冽雪寒天，西风再着鞭。
徒行冬意末，坐探孟春前。
犬戏童随护，梅芳柳失妍。
举眸同一色，百里覆纱绵。

浙西访宗亲（平水韵）

浙西岩路深，车镜绕云岑。
坡道连峰转，专程系族寻。
罕稀禾稻绿，遍布核桃阴。
帅氏安居处，欣然表寸心。

甲辰春再登巚峰山（平水韵）

正月邀文友，新晴登巚山。
凉亭坡垄处，曲径石层间。
寺庙梵音近，主从心意殷。
凌云怀远志，与我已无关。

七言绝句

卷三

建党百年颂（新韵）

南湖渺渺载红船，万里征程启旅帆。
淑圣开航豪壮举，迎来盛世永增年。

无 题（新韵）

平生缱恋紫砂壶，浓淡权宜祛败毒。
晚耄贪杯非过瘾，愿为清醒笑赢输。

清明祭二首（新韵）

（一）

亭育极情难厉陈，祭台无语面丘坟。
衣襟湿透非陵雨，千万思怀胜水淋。

(二)
扫墓清明正仲春，芳华日渐不匀均。
晶莹珠露犹悲泪，点点滴滴泣祖坟。

踏　青（新韵）

四月芳菲遍岗峦，乡村鲜绿布畦田。
小儿不解农桑事，戏话秋收好赚钱。

暮春二首（新韵）

(一)
芳菲莫叹尽随风，葱翠绵延衬碧空。
尘世繁华千万态，何须恋念一夭红。

(二)
痴恋人间四月天，芬芳喷溢润尘凡。
世情通愿寻花事，不问流光去复还。

记梦二首（新韵）

（一）
轻装一队不彰宣，少见车牌无尾烟。
东巷巡行移北路，传闻督抚是民官。

（二）
昨日传闻好震惊，府衙院内警笛声。
平常忙碌尽公务，何至森严动御戎。

清　明（新韵）

祭扫归人遇迅雷，屋檐暂避笑从随。
西邻简陋一食店，野酿山杯佐话梅。

庆永丰县诗词学会成立（新韵）

庐陵自古乃名邦，文脉传承耀四方。
今日诗词学会立，来昆奋翼比华章。

谷雨夜寒（新韵）

独夜轻寒袭布衾，不成幽梦复开门。
欲弹韵事心弦乱，达旦连宵苦作吟。

母　亲（新韵）

节俭持家观念存，淡粥度日守寒贫。
前天挂杖探闺女，不厌叨唠记适均。

辛丑"五一"放假西湖小憩（新韵）

已逝阳春四月天，擦肩来客几萧闲。
倚栏小憩稍屏事，突现湖湾荷露尖。

运 河（新韵）

千载若来皆骂名，史家评判欠公平。
若非炀帝兴弘业，航运时年可畅行。

圣地南湖（新韵）

昔地篷船作隐航，今来举国尽仙乡。
先贤立道于人世，羞效累朝称帝王。

韶　华（新韵）

韶华隐逝作闲休，执帚出言糟老头。
多少襟怀成往事，而今无欲亦无求。

记运河支流多画舫（新韵）

波平浪细渡帆樯，乐逸游人享顺祥。
盛世何来多困惑，无识千界有存亡。

忆红船（新韵）

烟波浩渺一篷船，昔日悄悄涌浪澜。
孰化旧朝新换代，开明志士效先贤。

江 堤（新韵）

江堤丝柳舞熏风，笑语盈盈兴味浓。
欣羡弱年王者范，夕阳独步驻池亭。

悼袁隆平、吴孟超两院士（新韵）

瑶坛玉砌隐仙岑，贤士同怀驾鹤轮。
环宇闻悉皆错愕，神州赤县尽哀吟。

示 儿（平水韵）

用心良苦塑鹏雕，莫负青丝昌盛朝。
矢志不渝酬夏海，扬帆征棹逐狂潮。

鹏（新韵）

一展雄姿万里程，昆仑极顶作长鸣。
蓬莱仙境无留意，逸志不群独远行。

闲　吟（新韵）

漾漾清波映小桥，微风缓缓舞芭蕉。
眼前纤弱江堤柳，莫是为情扭细腰。

食榆钱（新韵）

忆想当年粗粝餐，今人嗜好品时鲜。
莫言嫩叶非珍味，一口豪吞百万钱。

欲雨却遇晴（新韵）

闲看浮云舒卷中，忽急忽缓舞苍穹。
推言酣寐成诗梦，天事能随人意行？

漫步荷池（新韵）

点点丹英衬绿浓，眼前光景秀民营。
暗香阵阵撩人意，醉恋时新今古同。

示少年（新韵）

寒窗十载少年郎，学业精勤塑栋梁。
文海书山无简径，征途漫漫莫彷徨。

卢沟桥（新韵）

追忆七七烽火燎，山河破碎难民嚎。
铁蹄践踏遍遗骨，后辈几人悉战袍。

暑　夏（新韵）

闲观夕照映荷花，凝眺江天卷暮霞。
人怨蝉急无昼夜，吾当静境煮新茶。

感　怀（新韵）

禄运因人各异同，几分相遇几恩荣。
浮生不济赋归去，清水垂纶一钓翁。

悯　农（新韵）

烈日蒸炎伏景天，农时不误抢播田。
世人难懂盘中粟，汗水浇淋果腹餐。

军旅情怀（新韵）

少年立志护兴邦，戎马生涯驻海疆。
一晃壮怀逾百半，梦中几度拥勋章。

扇　子（新韵）

辞宠非因容色失，风奇曾使秀才痴。
如今科技功能替，儒士绘图题小词。

切除瘤子有感（新韵）

何时赘物作鳞臻，原是脂瘤皮下存。
忖测切除无碍事，焉知出院过中旬。

绝　句（新韵）

层楼公干已经年，俸禄微薄无怨言。
前夜梦征新起运，巧心竭虑为虚衔。

酗饮者（新韵）

一日三餐恋杜康，眼神呆滞性乖张。
昨天酗纵今朝醒，更有瘆人眠路旁。

军魂颂二首（新韵）

（一）
盛世得来历险艰，初心不忘颂瑶篇。
九州横纵阳光道，仰仗营中指战员。

（二）
红船帆起领开航，星火燎原南北疆。
百万雄师强涉渡，功勤铭勒永流芳。

话七夕（新韵）

世间岁岁话今朝，银汉尘凡万里迢。
相聚缘何俗设定，两情缱绻赖禽桥。

初秋下乡（新韵）

沿途一路快车行，翠色两旁双目盈。
时令无声悄替代，平生逾半事无凭。

绝　　句（新韵）

吾愿平凡守本心，奈何新近被邀巡。
果真老朽多能耐，头鬓如霜粗布人。

梦游虎门（新韵）

遥思昔日起狼烟，遗憾炮台非巩坚。
衰弱应知遭贱辱，缘何不计永存安？

探 月（新韵）

飞船一箭破云霄，入轨旋行盖地翱。
探检遥空环宇梦，中华奔月用新招。

最美林业人（新韵）

林家产业遍山乡，万壑绵延尽郁苍。
最是棚区职守者，青丝不意染星霜。

题菊花石（一组）（新韵）

兽

平阳不适履匆匆，本性丛林山色中。
镶嵌石图真状貌，王冠车盖乃威风。

庐陵诗词微刊周年庆（平水韵）

庐陵自古出文郎，千载闻名誉四方。
今日豪情承睿祖，微刊诗墨溢幽香。

梦　幻（新韵）

醉梦无形趾气扬，不为妄作为浇肠。
古今饮客孰存意，唯愿真情走一趟。

山　居（新韵）

青龙白虎两边栖，野径屋前跨小溪。
竹翠枫林相眷顾，忽闻时夜鸭鹅啼。

注：时夜，鸡的雅称。

我欠秋天一首诗（新韵）

我欠秋天一首诗，倚堤老柳舞霜枝。
年年季令自更互，何意愁眉作苦思。

中秋夜（新韵）

幽坐凉台斜倚窗，闲情对月品茗香。
孰弹古韵谱今曲，撩起诗心咏旧章。

中 秋（新韵）

中秋赏月上层楼，光景这般何所求。
老酒千杯天下事，唯思欢爱永停留。

无 题（新韵）

也无风雨也无晴，何故常年少悦容。
前岁狂飙连旧事，不应纠扰至天明。

寒 露（新韵）

瑟瑟清风着意凉，东篱把酒话菊黄。
沉浮世事无暇顾，熟看飞鸿字一行。

夏暮西湖

游从信步步苏堤，峰塔东峦落日西。
胜处风笛无兴趣，静听栖鸟树间啼。

伞（新韵）

即遮风雨又遮阳，忍受凡尘热与凉。
支架曲伸当勉励，柔柔弱弱胜刚强。

送 别（新韵）

微雨风凉天色柔，友人瞻送正深秋。
离程半道问何处，唯报平安心念收。

无 题（新韵）

邻家有子欠端详，混入衙门进庙堂。
迎面尽夸光耀祖，转身背里戳孰梁。

螃　蟹（新韵）

何时并剪欠锋芒，一世泊湖小水塘。
无奈不敌民智慧，煮蒸调膳任人尝。

辛丑仲秋（新韵）

今观岸柳多新色，可想日前吹絮棉。
遥记幼年秋后舞，此时拂动绿丝残。

辛丑立冬（新韵）

霖雨敲窗湿软帘，朝犹仲夏暮凄寒。
三更灯寂伴孤影，何故诱人无睡眠。

饯　别（新韵）

夫子明朝将远行，文儒设宴互和鸣。
千杯盛满缘何酒，甚是骚人平素情。

自　嘲（新韵）

少年素性一顽冥，壮岁无识日进功。
倘若韶华能代替，想来吾辈不龙钟。

诗　怀（新韵）

所幸无为乏钓名，乐得清趣恋诗林。
何言盛世稀新语，吾自挥毫作斗迎。

遣怀二首（平水韵）

（一）
诗词堪作主经营，不计余年小半程。
大好河山皆胜览，衰翁拄杖自由行。

（二）
寡欲清心远利名，嚣繁世事不关情。
莫言忧郁为尘域，多少书怀作诉呈。

展　望（平水韵）

远眺云边落日霞，思怀莫叹逝年华。
无须林下怜衰草，春暖浮岚又艳花。

乞　雪（平水韵）

时令岁终天酷寒，飞花无意润山峦。
君权罔顾凡尘事，叹憾皇灵不递禅。

雪（平水韵）

暗夜飞花骤烈寒，银装素裹遍山峦。
临风把酒览斯景，谁不陶情久倚栏。

刘禹锡（平水韵）

不意遡流沉侧畔，孤臣数拜玄都观。
骚人几度作辞行，病树霜天肠寸断。

虎年说虎（平水韵）

深林涧壑我为王，一啸如雷震五方。
记得雄威荣辱事，曾经不意落平阳。

辞旧迎新（平水韵）

虎啸迎新致谢辞，暗香浮动倚春时。
良宵月霁添娱意，撩动心琴奏小诗。

李　煜（平水韵）

绝代风华亡国思，悲呻怯切悼伤词。
堪怜后主多才术，丽句篇章尽叹辞。

怀 旧（平水韵）

怀旧神形已渺然，感时伤逝记衰年。
平生奋发半如意，凡事随心古绝传。

新春试笔（平水韵）

泽雨和风送悦康，新春万象尽谋章。
龙腾虎跃鄂城气，感慨神州又领航。

入 夜（新韵）

入夜街灯一字开，时人迎雨尽狂怀。
作歌欢佐屠苏酒，祥庆神州广隽才。

久雨初霁（平水韵）

几点杏红春已破，薄云不忌缕村烟。
一城连雨苍穹漏，终究盼来新霁天。

三八赞（平水韵）

须眉欣羡半边天，碧海苍穹作讨研。
飒爽英姿谁竞秀，謦心创业著新篇。

踏　春（平水韵）

久雨初晴二月天，衰翁兴起闯峰巅。
徒行纵览全神注，率性陶情在自然。

念孙女（平水韵）

孙女初回顶彩冠，全家上下捧心肝。
探亲假至归来处，唯爱牵缠胜爔煎。

题孤江二首（平水韵）

（一）

争鸣江畔逗行人，倒映青山跃锦鳞。
如此仙乡安逸处，讳言唐盛忘先秦。

（二）

心羡悠闲撒网人，烟波浩渺四环邻。
一舟一筏自殊趣，生态平衡风气纯。

植 树（平水韵）

暖风吹处又开春，手植时苗作善邻。
雨露阳光滋嫩碧，十年便见纳凉人。

踏春二首（平水韵）

（一）

停车择处再千寻，亦步亦趋知体沉。
应有时间鲜踏入，此番兴趣启牵吟。

（二）

众鸟呢喃尽好声，原来今又放新晴。
绵延无处不鲜色，满目风光早候迎。

春　分（平水韵）

时序今来已半春，风薰昼夜正齐均。
众言此季多闲趣，吾怨芳华远陋身。

梦入庞家山禅院（平水韵）

背倚青峰面枕溪，蜿蜒极顶与云齐。
群迎谈笑慎谆问，游众皆缘瑞景迷。

梦入庞家山禅院之二（平水韵）

曲径通幽近梵音，疏钟传处隐林深。
青灯不慕凡尘福，经阁清眠好净心。

贺《翰林国粹诗刊》成立六周年（平水韵）

翰林国粹集群贤，争奋耕耘薄纸田。
六载吟哦才起兴，百华斗艳独孤妍。

咏桃花二首（平水韵）

（一）
溪上桃华今又鲜，枝枝串串笑晴天。
花红如约诚相守，为报扶贫时政篇。

（二）
桃花溪上咏桃花，今岁胜于常岁嘉。
倘若公人无善政，何来园圃艳新葩。

注：我县上溪乡引导林农种植一百多亩黄桃，为提高知名度，连续两年搞桃花诗会、桃花节。

清　明（平水韵）

踏青祭扫陌阡行，易改燃烟坟岗萦。
贤孝子孙齐肃立，鲜花一束寄思情。

赏　春（平水韵）

春雨绵绵为赏花，手撑洋伞半坡斜。
众人惊羡时鲜艳，我独凝心探嫩芽。

春　晨（平水韵）

雄鸡报晓鸟和鸣，一束柔光透硕明。
去日韶春无觅处，今朝早起力勤行。

暮 春（平水韵）

山峦轻翠落红飞,惊诧春娇作告归。
吾愿倾情投劝励,阳光朗照损英威。

惜 春（平水韵）

桃华新艳染东风,垂柳柔丝暖雾中。
昨日登山行遍处,唯然肥绿隐残红。

时 弊（平水韵）

放眼当今尘世情,丰衣足食怨公平。
倘如谋域生烽警,孰虑安疆誓请缨。

初夏二首（平水韵）

（一）
荷钱微荡起波粼，柳絮随风舞路尘。
湖岸垂竿非匠意，心怀社稷效先秦。

（二）
夏来天气替三春，柳絮飘飞似路尘。
忽暖忽凉如幻戏，上天戏弄老年人。

戏说学书（平水韵）

衰年缘底学书忙，文海无涯渺渺茫。
花甲之人拼尽日，也难行墨挂中堂。

人　生（平水韵）

世事无常犹幻景，人生易尽若惊风。
君谋逸禄图怀利，吾执砂壶笑诵功。

"世界读书日"寄怀

恨不攻书气自华，晨朝无趣晚晖斜。
吟诗方识墨研少，旷费光阴学种麻。

栀子花（平水韵）

夏来天降一奇葩，放蕊冰颜求细瑕。
闲客忘情因已醉，身沾馥郁浣浮华。

退休吟（平水韵）

老来应作轼旁观，淡煮粗茶心地宽。
街市低廉新便服，权当荣品粪朝冠。

六一聚（平水韵）

亦朋亦友亦乡邻，把盏欣怡同甲人。
相聚不言长寿秘，却怜前额琢年轮。

注：一伙同龄人，六十年代人，都六十岁了，相聚在六一儿童节。

壬寅端午寄（平水韵）

绿杨殷草水云天，曲岸徒行赏翠莲。
一破犁波惊碧浪，时人不意祭先贤。

自　嘲（平水韵）

平生不意事豪家，勤奋耕耘种伫麻。
老去近人真慎问，笑言妩媚在霄霞。

心　平（平水韵）

流逝光阴岂可回，舒心面对忌消颓。
胸襟存纳万千物，偏意江湖野钓台。

时 夏（平水韵）

山行僻径汗如蒸,百鸟齐鸣古木深。
最悯路边耕作者,骄阳不恤护田林。

建党 101 周年颂（平水韵）

惊涛骇浪铸良丁,摆舵南湖燎火星。
开启新程征旅远,党旗飘处即清宁。

钱伟长（平水韵）

学贯中西博古今,育文从理用情深。
穷生无问是名利,奉献腾倾报国心。

再探孤江（平水韵）

一泓清碧贯仙乡，暑夏追游顶烈光。
吾沐漪流除汗垢，灵源出浴溢秾芳。

八一颂（平水韵）

豫章八一聚贤仁，竭力寻求主义真。
旧制迁更开伟业，江山永固万年春。

自嘲（平水韵）

莫言如梦入风尘，注定平凡秉性纯。
今咏小诗轻笑命，生来该是等闲人。

喜迎二十大（平水韵）

万里征途旌帜飘，商筹国是树新标。
宏图伟业施良策，把舵航行用妙招。

渡口坐思（平水韵）

旭光悬照暮偏西，沿岸乔林归鸟栖。
暗忖苔阶终不动，缘来甘愿为人梯。

戏说《红楼梦》（平水韵）

红楼托梦诉何求？真假假真利禄浮。
金玉良缘魔镜月，一歌好了唱晕头。

赏 月（平水韵）

皎皎冰轮挂苍穹，中秋守值住阳篷。
详观驻脚村头外，昔载银辉今异同。

壬寅中秋（平水韵）

值守田家节日中，雪辉皎洁漫双瞳。
莫言无趣今骚客，吟咏陶情千古同。

秋 分（平水韵）

已作平分无短长，金风送爽渐新凉。
远山伫望千峰碧，近岸傍观独木黄。

秋（平水韵）

鹰风吹叶已严秋，不见寒蝉噪起楼。
昨夜凭窗听客急，憨怜片片顺溪流。

秋 晨（平水韵）

值守农家百步遛，菊篱浓烈正迎秋。
萧晨新近无陶练，全面清零有顾忧。

注：本县辖区内第二十九日实行静态管理。

旱 殃（平水韵）

逾月无霖断末涓，农禾失色已枯蔫。
芃芃作谷成荒置，田户时今胜焚煎。

秋 声（平水韵）

枫映洄流欲引燃，金吹贞竹若清弦。
诗心暂借三分醉，提笔灵思胜迸泉。

遣 怀（平水韵）

平生违怨甚欢多，坎路塞途亲淬磨。
心勿怀私当自在，须知痛愤失偏颇。

寒 露（平水韵）

玉露轻霜夜渐长，金风秋雨枕衾凉。
梧桐落木残荷乱，月霁无声满柳塘。

人类利用太阳能（平水韵）

世界竞争新状前，文明骤进势洪泉。
无尘无雾无排放，理性规求享永年。

喜迎二十大召开（平水韵）

旌帜腾扬向北京，神州赤县颂全盛。
贤能集聚绘宏景，开拓新航再远征。

观　钓（平水韵）

青岩深处隐溪湾，食饵轮钩恋陌颜。
老者无为观引钓，君求余趣我图闲。

残 荷（平水韵）

风寒露冷溃荷圆，枯萎勾垂立淖田。
不意花红无百日，妙颜却避亦堪怜。

与孙女视频（平水韵）

人我忻然小帅征，牙牙学语若吟声。
视频飞递祖孙意，浙北赣中皆盛平。

枯 荷（平水韵）

曾经娇艳稻鱼乡，游伴惊然十里芳。
瘦骨年年经冻雨，素来但见客情伤。

路　遇（平水韵）

北雁南翔霜染枫，径幽僻处遇村翁。
温言细数凡尘浊，清议时文与世风。

闲　绪（平水韵）

时代繁荣日异新，张狂势利现今人。
闹中几个能知趣，多是从随谒后尘。

和诗友（平水韵）

小吟无处不欢歌，塞北江南品目多。
前日与君新唱诵，一开心境若珠河。

冬柿红（平水韵）

虬枝浸露挂灯笼，累累如珠醉墨瞳。
冬季门前燃瑞彩，起书设祭慰天工。

金溪古村（平水韵）

银杏临村重染霜，石流甘洌润田桑。
红军昔日营盘地，但见宗祠野草长。

西阳宫（平水韵）

道观沈然能几逢，今来礼谒自相容。
先贤孝道贞规立，我辈诚怀当慕从。

河下古村（平水韵）

踏行不独为雕梁，兼爱苔痕风化墙。
李氏先人深宅院，寒飓伴我苦参洋。

老 圩（平水韵）

古巷新街一色红，贤仁达士尽英雄。
专程数访今惊现，多股文明存内中。

游国家农业儿童公园（平水韵）

谐谈白鬓似狂童，疾步公园戏草篷。
怨怅秋颜何不返，吾徒无忌扮憨熊。

乡 隅（平水韵）

驱车移进自然村，满目慈祥语气温。
平岁收成经弱问，家家户户竞开门。

螃 蟹（平水韵）

丑陋天生形若狂，横行不屑似凶强。
秋亮无犯时人念，擒绑朱绳送灶房。

辞 旧（平水韵）

四序轮回辞旧年，寒梅吐蕊满庭妍。
吟哦几度壬寅事，最绕心头是大痊。

小年吟（平水韵）

昨夜冬凌挂众门，严霜若雪冻无垠。
灶神尽数壬寅事，彻旦为民上誉言。

癸卯初采风（平水韵）

严霜冰冻正天晴，学会安排上固行。
瞩览沿途乡路景，采风赴宴两兼营。

癸卯春节家宴（平水韵）

亲情尽在一杯酒，长幼忻愉多顺言。
斑鬓豪怀无会意，狂呼易盏换汤盆。

绝 句（平水韵）

几十年来思酌中,丈夫之志世凡同。
神州一律彤彤色,唯憾未仇东海东。

赞长丰酒业（平水韵）

长丰美业善经营,醇酿提纯玉液精。
郁馥诱来天下客,心灵自可立贤名。

小 草（平水韵）

萋萋如一映穹天,朴实无华不斗妍。
雨露经时吹又绿,无拘无束任天然。

原乡情（平水韵）

每忆村头石井旁，毗连数口小池塘。
此番情景比抽绪，注念强如纬线长。

桃溪吟（平水韵）

又惊素梨伴夭红，缓步峦山赏艳容。
料峭春寒提性趣，呢依相挈比花浓。

题　图（平水韵）

清流冷冽映蓝天，郁雾掀腾喷树巅。
逆袭竹篙投日际，为寻胜处访神仙。

桃花情（平水韵）

先花后叶引凝瞳，近日山原正染红。
老叟孩提今弄暖，来朝无约趣乡同。

春　吟（平水韵）

岚雾翻波若肆鳞，诱来诗者遍山巡。
夭桃今胜去年早，原是宜情待故人。

贺省诗词学会六代会召开（平水韵）

青山湖畔柳尖新，天惠楼层聚格人。
六代诗坛提锐气，八方雅士沐韶春。

庐陵谷雨诗会（平水韵）

庐陵自古圣贤乡,进士三千泽四方。
欲学诗宗功再倍,憾无俊力著雄章。

清明家祭（平水韵）

车程十里至山乡,嫩绿添坟情自伤。
岁岁孝诚承拜祭,今朝风信倍凄凉。

惜　春（平水韵）

燕剪东风碧阜茵,杜鹃啼血柳丝伸。
夭红凋散随流水,何至无情别故人。

茶园行（平水韵）

绵绵碧带顺坡斜，详览勾萌若绿纱。
含露采收清卷叶，暮来芳气袭邻家。

采茶女（平水韵）

远眺冈峦满目鲜，近观枝杪叶芽卷。
纤纤玉手犹轮指，采撷清香润喉咽。

游西南湖生态公园（平水韵）

观光桥上絮绵绵，隐地悠悠雅韵传。
零乱漂浮无可奈，花期有约在明年。

携孙女——帅征游秀州湖二首（平水韵）

（一）
碧波渺渺数千顷，曲岸人潮柳色盛。
平处塘鹅轻戏水，然疑鲲鲤启鹏程。

（二）
秀州域内一湖春，烟色怡情柳岸新。
征咏白毛浮绿水，阿公赞赏好天真。

注：征即帅征；时逾二岁。

初 夏（平水韵）

心爽神怡四月天，河堤杨柳醉如烟。
残红悦意随流水，漂入江湖浴碧泉。

惜 春（平水韵）

时人长叹春光好，紫燕衔泥贴善草。
隐处潺潺流水声，听来窃窃叽犁老。

嵌"卷帘犹看落花深"二首（平水韵）

（一）

卷帘犹看落花深，堤岸青青曲柳森。
老朽轻闲诓爱酒，长吟短叹一丹心。

（二）

吹绵招舞扑吾襟，野旷轻新绿叶阴。
节令轮回今几度？卷帘犹看落花深。

帅氏宗亲联谊会七代会（平水韵）

千里驰翔会族亲，相迎互敬若嘉宾。
此行圣地汇群议，帅氏同求效履仁。

注：圣地即遵义市。

大　院（平水韵）

大院从来不襟门，电梯升降自频繁。
几人勤济公家事，皆慕时情好进言。

春（平水韵）

莫言野陌落红凋，自古芳容无永娇。
究问村头鲜翠绿，缘何又我抢时潮。

幽 思（平水韵）

忧思故梓自难忘，最忆残存薜荔墙。
远去乡情成老病，一身愁绪几回肠。

醉 来（平水韵）

醉来舞袖显雄情，歌短长吟威壮行。
手握青铜神剑在，泽风浩浩水山迎。

六一感怀二首（平水韵）

（一）

快乐人生在少年，天真烂漫半懵然。
此情无替成追忆，唯愿后生皆梦圆。

（二）
少年一晃变衰翁，痛惜光阴转眼中。
倘若青春能永驻，潜心追效圣贤功。

戏 言（平水韵）

戏言苦短平生事，凡世孰人真立志。
顾看南来北往行，几成达济随心意。

闲 聊（平水韵）

半昏半醒伴壶茶，晨倚柴扉暮守霞。
叹笑骚朋多酒气，成天雅饮论桑麻。

闲　吟（平水韵）

人生坚守志如初，营作诗田兼种蔬。
昨夜酣眠应好梦，今晨忙乱急翻书。

端午醉吟（平水韵）

生贤无奈遇昏庸，不纳忠言作愠容。
倘若幸临谋圣主，何来汨水抚悲胸。

夏（平水韵）

晨晖灿灿上东墙，皓发闲情步野塘。
碧伞田田无雅句，先人遍咏藕花乡。

退休吟（平水韵）

人生不过百春秋，万事随缘莫屈求。
荣退登临谁会意，回身注望水悠悠。

七一感怀（平水韵）

一片纯诚表寸丹，才疏无力助狂澜。
精勤不畏青丝雪，唯愿神州永富安。

荔 枝（平水韵）

岭南新色献长安，竞诣奔劳作异观。
千古衅情妃子笑，只悲稀罕养丰端。

仲　夏（平水韵）

烈日伴行三五从,边乡曲径隐林中。
半山庭院备肴菜,会饮闲吟几老童。

夏　夜（平水韵）

鲜风柔软月钩斜,依倚城墙论稻麻。
江畔公园灯暗处,地摊薄利为营家。

边乡怡人（平水韵）

边乡最适寄残身,山水天情迎客宾。
我费精神穷胜览,晓寻时色晚吟呻。

闲 吟（平水韵）

拒言生世与春华，自喜龙钟煮养茶。
昨日医官闻诊事，夕阳何患近残霞。

抒 怀（平水韵）

戎装年少闯天涯，五角星旗映曙霞。
遥忆昔时军训场，防攻智变半攀爬。

立 秋（平水韵）

谁诳入秋迎雨阴，日气依然袭素襟。
三伏消沦除暑后，凡人不怨烈阳侵。

秋　日（平水韵）

秋日闲情作顺流，风翔爽朗弄轻舟。
行帆不识桃源路，推引骚人方外游。

拜谒大东山（平水韵）

驻足东山钦瑞霭，时舒时卷了无痕。
禅钟轻脆贯凡耳，瞻羡清规向净门。

望仙谷二首（平水韵）

（一）

一涧清流傍竹村，曾经匠户幸承恩。
今朝叠翠流连处，越过廊桥近祖源。

(二)

吊脚山楼峭壁悬,传言极顶望神仙。
千峰万壑寻无迹,曲径通幽别洞天。

游三清山（平水韵）

搭乘索道向丫山,千仞悬崖一瞬攀。
云海翻腾涛拍岸,惊凝误入玉池间。

庐陵诗词学会六代会（换届）有寄（平水韵）

庐陵学会喜周传,换届中秋国庆连。
创启航程征浩渺,乘风破浪勇超前。

癸卯中秋（平水韵）

我与冰轮江畔逢，徒行阡陌紧随从。
尘凡多是杯中趣，唯独玉盘情意浓。

诗　坛（平水韵）

唐风宋韵祖宗田，细作精耕千载传。
今世几人能自主，凝心注目育粮棉。

人　生（平水韵）

人生短暂勿谣谋，更莫贪图不罢休。
来古几多追利客，浮名缠缚困如囚。

退 休（平水韵）

退居巷野乐其中，睡起旭阳燃碧穹。
两耳失灵犹隔世，时俗何处扰衰翁。

人海相逢（平水韵）

君我相从人海中，非关利禄或跟风。
今题短句轻商问，何意频频炫绩功。

秋 晨（平水韵）

清晨试练觉寒凉，凋叶飘零野菊黄。
蒹苇不怡时令改，任凭盐絮弄江乡。

抒　怀（平水韵）

皆言最美夕阳红，曾拟豪情比世雄。
一盏清茗还夙愿，先时年少易村翁。

秋　怨（平水韵）

举目苍旻一字鸿，寒霜侵木漫轻蓬。
渐来渐冷由天作，棚户柴门欠羽绒。

闲　思（平水韵）

萧萧木落展高穹，金栗静幽承雁风。
醉日闲思怜独寂，姮娥何意广寒宫。

重　九（平水韵）

征鸿南徙露凝霜，金栗寒英隔巷芳。
最忆登高然旧岁，俄而季令又重阳。

从嘉兴去临安探宗亲（平水韵）

高速杭州若转梯，临安川色惹人迷。
全程往返百千里，一日闲情荡渐西。

深　秋（平水韵）

霜天催促菊鲜繁，常使行人驻足看。
几度雨寒晴霁后，艳容失却半凋残。

秋（平水韵）

鎏金叠翠逗开怀，落木随流阻竹排。
老朽寄情山水趣，禅钟清脆半山崖。

攀登（平水韵）

霜染林峦天帝功，攀登半是为题红。
山深路隐临泉处，日暮闻声佛事中。

晨曦（平水韵）

晨曦破雾射汀洲，落木漂浮赶顺流。
极目云山成暮色，无添欣悦亦无愁。

余 秋（平水韵）

秋色宜人岂可留，霜红零乱梦中游。
昨宵通夜微寒雨，洗却凡尘万虑愁。

癸卯再登八镜台（平水韵）

八镜台联章贡流，两江夹拥一汀洲。
城墙千载仍豪阔，笑对舟桥水面浮。

立 冬（孤雁出群格）

秋尽初寒潜入冬，晨光霜洁映晴空。
算来又近一年暮，叹逝无形岁月匆。

新寒二首（平水韵）

（一）
寒潮午夜袭窗沿，探问缘何宵未眠。
莫责霜飙追冻雨，轮回时序顺天然。

（二）
山峦树色换颜容，节气悄然转入冬。
红叶黄花铺逸路，澄思冷艳胜春浓。

幽　居（平水韵）

陋居僻巷往来稀，习惯柴门守夕晖。
天意从公无厚薄，人生穷达有因依。

癸卯冬与宗亲红星游西溪（平水韵）

西溪湿地叶飘零，曲岸悠闲晒赤萍。
镜水瑶林非胜景，相从相悦有红星。

嗤尘凡（平水韵）

长途跋涉享天伦，不计疲乏无暮晨。
自古亲情皆刻薄，但求粥饭勿求谆。

冬日遥思（平水韵）

冬日朔风侵骨寒，荷塘零乱尽凋残。
怀思稚岁衣衫薄，稻草铺床也甚欢。

戏　笔（平水韵）

霜染层林无尽头，塔川山色乐攸游。
此番情趣谁能胜，请看永丰新老叟。

注：曾志社长在芜湖塔川览胜，发来视频，自然风光、山水秀丽。观后随之戏笔。

暮年吟（平水韵）

开怀一笑百春秋，心似童顽无所谋。
聚饮联吟诗盛世，砂壶慢煮互相酬。

闲吟二首（平水韵）

（一）

闲吟无趣闭层楼,一枕槐安添感愁。
疏梦何时能验事,书生长叹恨无谋。

（二）

光阴无替更匆匆,莫叹浮生未建功。
遣兴陶情诗伴酒,寒江独钓落霞中。

漫步湿地公园（平水韵）

风吹枯叶漫飘零,众鸟怡和我视屏。
飞羽真纯枝杪戏,全然不顾步人停。

新时代农人（平水韵）

田种稻蔬庭养花，村村广场舞残霞。
开心最是农商户，山货时鲜无贷赊。

寒　云（平水韵）

寒云飞雪伴昌风，凝眺孤身对颢穹。
癸卯严冬何迅疾，琼芳一夜漫华中。

春　序（平水韵）

游丝不系无依附，便与和风吹一路。
伫立凝釐新染愁，感通蛛网拦徒步。

叹落英（平水韵）

澄碧载红随遁匿，别情招惹悲怜极。
春如过翼悄无声，多少真纯成叹息。

寒　夜（平水韵）

敲窗深夜北来风，银粟残更漫静空。
四野茫茫寒势急，层楼无奈幼依翁。

寒冬友聚（平水韵）

岸柳凌冬影渐疏，衰翁垂钓意如初。
和衣孤枕翌晨醒，同事昨宵频咋呼。

感 怀（平水韵）

退休闲散捧闲书,黄卷支陪烹紫壶。
陋巷置身君莫叹,世间惯看是荣枯。

唐宋八大家——欧阳修

古文运动领军行,一代文宗社稷情。
治乱兴亡朋党论,举新引古敢争鸣。

严 冬（平水韵）

虬枝斜展笑开颜,淡雅随风云复还。
冬日映霜孤影冷,倚墙取暖伴聊闲。

松（平水韵）

万木丛中君卓殊，虬枝苍劲孰能摹。
悬崖峭壁炎寒立，刚毅不阿真丈夫。

竹（平水韵）

青翠临风抚妙音，尽羞时下善操琴。
虚怀疏节世人范，常使诗囚苦作吟。

梅（平水韵）

琼枝挺秀舞寒风，一袭素妆撩漆瞳。
生性孤高同趣寡，傲幽坚淡友青松。

兰（平水韵）

涧壑丛林杂草傍，迎风饮露傲严霜。
恬然自得孤山隐，独爱清幽云水乡。

岁杪抒怀（平水韵）

寒夜无眠思绪繁，犹如纺线制成团。
光阴易逝无更替，常戏银丝比素冠。

运 河（平水韵）

骂名千载诉荒唐，情事江南巡幸樯。
万里碧波堤岸柳，沿途何处不风光。

甲辰元旦（平水韵）

节序循环又一轮，寻梅踏雪伴吟人。
民安国泰八方旺，昌盛迎来和善邻。

小 寒（平水韵）

隆冬三九素尘飘，陌野无踪众木凋。
冷气袭来寒彻骨，疏枝几点蕊苞撩。

梅（平水韵）

虬枝瘦骨傲凌寒，一树银妆部众欢。
无意寻芳香暗袭，凡躯不敌致高残。

闲　吟（平水韵）

荣退居家日日闲，为吟炼句苦心颜。
忽而清气侵人骨，原是梅兄沐浴还。

笃　顽（孤雁出群格）

童顽不意为诗文，爷俩平心探本原。
当应儿孙勤奋进，缘何比事苦难言。

寒冬夜（平水韵）

严寒地冻朔风狂，满目萧疏倍渗凉。
云色沉沉天欲雪，难安冬夜夜悠长。

小酌偶兴（平水韵）

日照隆冬无雪天，衰颜周末赴琼筵。
甘醪莫问君何许，逸兴陶情若少年。

咏　兰（平水韵）

叶碧蕊黄无艳妆，清纯素雅漫幽香。
搅撩诗兴情难已，深谷闲庭著锦章。

私　言（平水韵）

惊叹光阴似水流，几多不意几轻愁。
散言腮鬓何时染，昨日风尘今上头。

腊八次日作（平水韵）

临窗独坐守寒风，弦月如钩挂碧穹。
腊八祭神还祭祖，祈求来岁再登丰。

癸卯大寒（平水韵）

癸卯今来乃大寒，孟春临近季冬残。
俗言黑始冽心骨，我隐蓬门不着冠。

冬　雪（平水韵）

六出纷飞色觉鲜，举眸绚素裹山川。
依稀记得皑皑白，已去流光十几年。

新兴一绝（平水韵）

嬉戏无章短视频，山乡都市惑诚纯。
漫谈时下"新媒体"，何故为难文化人。

癸卯冬随吟（平水韵）

寒风招舞柳丝柔，我作悠闲闲作愁。
鬓角如霜渐岁染，人生魅力敢光头。

严冬随吟（平水韵）

天工巧艺倒冰悬，晶沁嵌镶庐屋椽。
严月朔风吹腊尽，寒梅吐蕊报新年。

菜　农（孤雁入群格）（平水韵）

淳朴柔良一老翁，蹬车十里逆寒风。
鲜蔬几篓摊廊市，倾诉低廉是菜农。

春雨兆丰年（平水韵）

轻柔丝线似琴弦，合伴东君润自然。
春气温和宜植种，一犁新雨兆丰年。

王昭君（平水韵）

莫怨胡沙接后宫，蛾眉宠幸几时逢。
竟宁匈汉为甥舅，枉沦容颜胜画中。

自　嘲（平水韵）

莫言如梦入风尘，注定平凡秉性纯。
今咏小诗轻笑命，生来该是等闲人。

秋　声（平水韵）

枫映洄流欲引燃，金吹贞竹若清弦。
诗心暂借三分醉，提笔灵思胜迸泉。

初　夏（平水韵）

夏来天气替三春，柳絮飘飞似路尘。
忽暖忽凉如幻戏，上天嬉弄老年人。

闲　吟（平水韵）

雅事毋需鼓与呼，勤耕乡野不曾孤。
山中日暮栖身处，自有风光化特殊。

古　镇（平水韵）

沿红风景四时春，林立高楼一色新。
淡漠遗情君莫怪，只缘多半老街人。

七言律诗

卷四

春　晨（新韵）

上班徒步步匆匆，一路欣然迎旭红。
雾气垂情沾鬓发，朝霞无意射双瞳。
玄林群戏恋白鹭，衰朽独行伴蕙风。
昨晚半程乏体力，今晨轻快自从容。

辛丑初夏（新韵）

气候北南当不同，朝昏日照异西东。
新疆时冗飘凌雪，琼海泛常刮烈风。
春仲遍开花满树，夏初齐绽叶娇盈。
朽翁昨夜轻摔倒，晚辈诙嘲底子功。

西湖游（新韵）

苏堤丝柳翠悠悠，湖岸游从拥木舟。
祥院钟声清入耳，孤山层碧尽眸收。
熏风惬意苏杭醉，落日疲乏撸桨休。
世事沉浮无素论，姣人作伴复何求。

初　夏（新韵）

举目葱茏古木森，罗裙短袖秀青春。
昨宵凌雨撼屋宇，今早幽风润我身。
骚客豪情情逸放，文明雅趣趣和吟。
恩江桥拱再重建，几度雕栏风库银。

再悼吴孟超、袁隆平两院士（新韵）

榴月三旬雨日长，江河洼地渺茫茫。
医门噙泪轻忧叹，民户含悲忒惋伤。
一日双星同驾鹤，九州五岳共行香。
怀思禾下乘凉梦，幽念仁心护病床。

六一忆童年（新韵）

儿童六一又如期，怀忆他年稚幼时。
戏水荷塘言浩渺，藏猫橘树炫神奇。
书山有经乏天分，学海无涯欠力驰。
风貌蹉跎犹魔梦，光阴流逝剩清诗。

遣　怀（新韵）

人生一世百春秋，万事开怀无顾忧。
有趣闲吟娱遣兴，无须纵酒苦浇愁。
繁星点点若棋子，新月半圆犹钓钩。
整日心期林下意，余华把盏复何求？

周末感遇（新韵）

周末邀同桃径峦，飞淙岩壁冽清泉。
弯弯坷坎山乡路，袅袅盘升村灶烟。
淡淡曲辞由不济，悠悠微步为游闲。
今朝云外遇林叟，疑是神丁与我缘。

白露抒怀（新韵）

白露无声潜入秋，邀朋览胜近郊游。
一尊古塔立龙脊，万顷田禾漫沃畴。
木叶篱栅撩寿客，碧荷池苑抚轻舟。
三餐雅饮真闲趣，唯恨韶华不可留。

观电影《长津湖》(新韵)

抗美援朝志愿军,长津湖畔显精神。
冰封孰守硝烟地,雨霁丹诚卧雪人。
惨烈惊天冠旷古,悲凄绝境泣冥魂。
青春易逝少华去,劲旅雄师必永存。

岁末寄怀 (平水韵)

人生不必作吞哀,故尚寒酸弄费猜。
愚虑无堪家国事,斋心可树栋梁材。
凭栏眺远山河绚,荏苒时光不复来。
我欲寻幽寰宇趣,清风明月做参陪。

无　题 (平水韵)

诗词曲赋紫芳心,款语温言伴素琴。
清韵寄怀冰雪境,行吟坐咏赤心忱。
虬枝苦自寒中馥,胜览幽欣廉寸寻。
野意放歌云水客,索求净土在翰林。

故里行（平水韵）

旧屋宅基荒草生，环观疑立久无声。
缘何来客不相语，临事老人惊触情。
怨郁韶华难永驻，幽欣暮夕利身行。
路经松稻俱含睇，故里乡邻笑意盈。

丰乐谷（平水韵）

丰乐谷邻鲜碧莲，游从信步景区前。
彩绳织物多奇画，漂泳琼池少暗泉。
闲听时谈人议事，疏观往述众评传。
民心向背在诚信，企业经营逆自宣。

仲　秋（平水韵）

酷热威垂暑气遛，四时交替已中秋。
金风爽爽怡人去，霜水悄悄田亩游。
竹簟亲肌难入梦，梧桐脱叶若新愁。
倚窗侧望蛾眉月，一缕清辉挂树头。

烟雨下西坊（平水韵）

古城隅角下西坊，每度闲聊话失亡。
今日满街皆仿建，昔时一色尽坏房。
龙蟠河渚二水分，客过回桥两岸香。
天地悠悠能忆者，犹如尺寸凭般长。

冬　至（平水韵）

丽风肆意染红腮，旧岁霜英沾露开。
雁去岭南非得已，情归冀北是真才。
小城日月何怜眷，大国胸怀谁鉴裁？
年末初寒新节至，八方迎向盛时来。

感　怀（平水韵）

人增幽趣自怡心，万事迎来俱慢吟。
晨晓登临观日出，暮昏清啸向山林。
光阴易逝成追忆，岁月匆匆无迹寻。
万丈红尘犹过隙，夕阳恰意抚陶琴。

遣 怀（平水韵）

独坐层楼去寡孤，成天所趣煮茶壶。
故朋索笑犹癃老，新好娇嗔若耄夫。
双眼朦胧偏韵事，一身灵气向诗儒。
蹉跎岁月无从计，任意消闲任自娱。

清 欢（平水韵）

廓外寻来缘钓滩，水湾深处好垂竿。
竹遥时雨随风落，鸟语清新唱那般。
放逸尘心还养静，空濛梦幻遣灵坛。
情怀豪迈兑诗酒，细品砂壶谈佐欢。

秋日黄昏（平水韵）

近地林梢闹恼鸦，汀洲拐处捉鱼虾。
凝眸舒卷云图绘，回顾浮沉日影斜。
一展情怀挥醉笔，还拈韵律述烟霞。
余晖今夜归何所，将顺幽兴至际涯。

最美林业人（平水韵）

踏遍冈陵万壑峰，山青水冽逸幽踪。
昔年幼树荒原植，今日鸿材峻岭供。
绿色文明环宇倡，伟人韬略普天从。
护林奉献真豪气，为育资源敢挺胸。

庐陵吟（平水韵）

画舫开犁弄浪潮，霓虹相映彩旗飘。
忠魂铸就千秋业，圣地招来百世骄。
白鹭洲头齐竞秀，赣江水岸独逍遥。
庐陵自古文风盛，志士仁人比舜尧。

癸卯冬闲吟（平水韵）

择善而从慕昔人，中庸悟道羡修身。
偏居山野深怜月，轻抚碧波清洗尘。
利禄何时添困恼，浮名几度扰心神。
光阴飞逝无从计，笑对青丝尽染银。

幽 居（平水韵）

独处幽居了避尘，闲吟逗趣自由身。
绿池垂钓池为伴，修竹临风竹作邻。
贯岭经霜佳木秀，北园清气养精神。
繁华市井不留意，偏爱陈年雪酿醇。

重 阳（新韵）

秋深灵雨晚风凉，徙雁和鸣天际翔。
堤岸林丛栖倦鸟，篱墙菊朵馥幽香。
谁为觅句拒甘酿，偶或敏思迎妙章。
打伞欢欣寻胜景，登高皓首笑重阳。

卷五

词

清平乐·采野菜（新韵）

清晨时鸟,调舌开门早。健步田原寻幽草,病眼连声奇巧。

细花杂草宗生,熏风吹后青葱。昔岁充饥憎厌,时人偏好藜羹。

江城子·夏（钦定词谱）

满眸青翠又浓稠。柳纤柔。上兰舟。渺渺烟波、听任棹漂流。尘世喧嚣难入境,真快意,所何求?

韶华无替不长留。自无由。勿怀愁。稀百人生、年命可营谋?万古客途皆一律,天注定,莫踌躇。

西江月·端阳逼近箬清香（新韵）

　　蒿艾味浓祛蠹，细菌毒疠诛伤。青青蒲剑插门窗，祈望辟邪除瘴。
　　掐指春期如瞬，石榴英艳迷狂。端阳逼近箬清香，引起时人惆怅。

千秋岁·祭正则（黄庭坚体）

　　汨罗依旧，何意湿衫袖。云浪诵，涛如兽。丹心诚不见，何至人馋诟。求索诵，引来慨忆同身受。
　　历世相传久，锣鼓喧天奏。崇笃尚，恭仁厚。愿人间至此，大地山河秀。今四顾，几人敢步灵均后。

十六字令·莲

莲,微雨轻风碧浪掀。经堤岸,放眼满溪湾。
莲,根蘖淤泥叶碧鲜。先贤赋,雅韵尽佳篇。
莲,玉立婷婷宛若仙。骚人意,欲以洗尘凡。

十六字令·虹

虹,雨霁天晴现彩屏。专凝注,逾瞬便栖踪。
虹,彩练谁持舞碧穹。晴天弦,水汽幻神龙。

十六字令·蝉

蝉,尽日呻吟惹众嫌。浓荫下,肆意作玄谈。
蝉,饮露清高尽谎言。经观试,嗾吮树汁眠。
蝉,聒噪声声好凄然。凡尘事,何用尔纠缠。

鹊桥仙·七夕(欧阳修体)

素风拂柳,烟霞缥缈,渊浩玉河无际。恨无双翼问天庭,切切诉、离愁情意。

牵牛织女,情缘相聚,何律妄为胡立?年年今日赖禽桥,怎可愿、积时思欲?

一剪梅·中秋夜

又见归鸿舞颢穹。斜雁南翔,素影朦胧。恩江堤畔笑弥弥,欢喜团圆,天下齐同。

醉伴骚朋颂世风。挑逗丝簧,炫技良工,姮娥心羡世人情,孤客天庭,顾步蟾宫。

相见欢·假日南湖游

南湖岸枕层楼。正清秋。百里鳞波如镜、自悠悠。赤船灿。今时范。领潮流。试想嘉兴而后、尽无游。

清平乐·晨练

郁芬如雾，曲径环堤处。剑扇相随翩跹舞。开纳凝神专注。

漫步路拐黄花。瞎聊闲话清茶。不意篱边远眺，心期隔岸农家。

减字木兰花·晨

清晨涮洗，徐步公园携孙女。迎面柔风。学语咿呀快悦中。

层林妙语。遥眺湖光天际里。翁妪情同。晨练齐功兴味浓。

卜算子（苏轼体）
贺永丰县诗词楹联学会成立

众士学诗词，个个同兴况。朝暮长吟作悠闲，纵逸豪情放。

犹若逆行舟，奋力迎而上。甚好中青老少宜，俱秀新风尚。

十六字令·晨

晨，夜去朝来旭日新。淙淙冉，霞照染江津。
晨，锻炼还回气势神。哼谣曲，欢气幼儿纯。
晨，漫步江堤作睃巡。幽风过，江水碧粼粼。

忆秦娥·冬夜初雪

山峦迭,凝眸远望真奇绝。真奇绝,千山玉洁,世民心悦。

瘦枝丛立从班列,欣然怒放疏香冽。疏香冽,春期更换,众芳萌孽。

浪淘沙令·缘故作徐行

缘故作徐行,连雨初晴。寒人几个入京城?敛步柳堤昂首望,底处瑶笙。

雾网罩行程。来往相迎。似如林杪鸟轻鸣。吾问众禽期几许,何意逐情?

卜算子·冬奥会

共举五环旗,笃爱幽州雪。华夏诚邀四海民,招引时奇杰。

冬奥友谊村,迎纳心怡悦。赛场开篇喜讯传,竞技风雷烈。

江城子·春（韦庄体）

柳堤吟咏友相邀。乐逍遥。众情烧。旷怀今古、千遍再高潮。桧柏翠冠群雀起,声磬玉,闹春娇。

踏莎行·暮春（正体）

绿意绵绵，阴烟绕绕。小楼信意、凭栏眺。清新嫩碧醉心脾，妆成野色穷其妙。

曲径通幽，林光斜照。残红半岭仍娇俏。缠绵轻语倚胸膺，桥南贯岭人欢闹。

西江月·入夏（欧阳炯体）

柳绿榴红檀杏。山青水秀清明。夏来雷雨忽新晴，更喜眼前灵景。

旋环剪水巡田井。穿林密树啼莺，目光游处尽牵情。独步桥南贯岭。

清平乐·观荷（李白体）

碧池清婉，放眼青荷伞。阵阵风涟幽香远，撩惹游人迷乱。

翠浪慢舞娇红。水鸥盘戏惊风。慨忆先前信约，柔情不徇时空。

清平乐·暑夜（李白体）

日明星炫，夜静深宵倦。燥热难眠闲前院。一阵清凉如电。

爽快感咏天公，适时资予幽风。卧榻宁神寝睡，双眸留恋星空。

酷相思·枉思（程垓体）

伫立江堤心绪乱。眼前景、无心看。问山水、缘何心羁绊。欲弃也、柔肠断。欲续也、心难断。

感叹流光金不换。旺活力、黄金汉。忆伊昔、联肩沿海线。思过往、无须惋。追过往、何须惋。

清平乐·孟秋登游

跨溪越岭，竞向中峰景。悬照如燃依树影，放眼烟空魔境。

树荫些许森凉，神情直恁仓皇。暗忖回途山路，直教老叟愁肠。

蝶恋花·清秋（冯延巳体）

琵琶秋风雕庶卉。霜染层林，尽饰云霞蔚，丰草稻黄丛朽苇。轰轰烈烈机耕队。

点检韶光多兴味。何似当年，艳茂齐嘉慰。嬉笑自怡轻富贵。思来百事缘愁费。

浣溪沙·秋意（韩偓体）

北水南行忽转西。古街门巷识高低。沿堤石径引寒溪。
吹皱绿潭惊野木，抚平秋夜鼓钟司。月光明处苦相思。

十六字令·冬

冬。耸翠绵延百里松。山岑立,昂首舞枯风。
冬。回绕清江雾吐中。烟舟上,斗笠罩蓑翁。

青玉案·元夕（辛弃疾体）

元宵彻底营欢度。比肩意,观灯路。火焰冲天千万炷。扇人情势,胜如潮怒。鹄鬓频环顾。

徐徐进转烟茶铺。此地情形让人妒。典校尘凡千古著。并无篇记,也无谈诉。今自吟歌赋。

浣溪沙·踏春（晏殊体）

一览鲜枝遍野浓，绵绵碧绿衬新红，行朝半岭倚苍松。燕剪和风低絮语，翻腾好似斗轻功。团团转转伴龙钟。

诉衷情·春吟（晏殊体）

柔风吹绿正新晴。芳意诱人行。衰翁欣吟新作，满纸尽轻盈。

聆晓籁，看鲜荣。立孤亭。一蓑烟雨，几路泥泞，缘故倾情。

忆江南·春晨（白居易体）

春光媚，丹艳染山川。涧水潺潺声渐远，林峦翔翼逸边前。真个好流连。

捣练子·轻步履（冯延巳体）

轻步履，影腾移。绾手相依漫话题。行至五更云月却，用情深处不知疲。

西江月·初夏（柳永体）

　　习习熏风幽竟，纤纤丝柳如弦。漫山依令换时颜，不念芳菲去远。
　　院外悠扬歌悦，溪前丛致娱观。缘何久立倚栏杆，吁嘅身胚疲软。

如梦令·小满（格一）

　　入夏熏风渐暖，节令欣迎小满。时水溢河堤，渔者翻身对岸。快看，快看，一网提时牵断。

定风波·日上三竿早过晨（欧阳炯体）

日上三竿早过晨，退休无事若隐民。仲夏炎阳如入训，栖遁，彻天向壁守蓬门。

微信频频传热讯，勿论，新闻难辨假还真，好在闲言无过敏。默允，说来万事尽浮云。

忆少年（晁补之体）

童年记忆，居徒四壁，无依无助。勤劳事难济，况童蒙丧父。

步履维艰谋出路，历风霜、壮心无负。如今朽衰也，愿升平永驻。

诉衷情·斜阳漫步（晏殊体）

斜阳西下步轻盈。三五驻凉亭。柳堤幽处动静，浓叶若轩屏。

谈往事，话无成，叹生平。说来扯谈，匆匆过客，何意浮名？

一剪梅·无意闲愁（蒋捷体）

无意闲愁好远遥，湖海凌潮，江上流漂。行舟犁雪浪冲高。风劲吹标，快意翔翱。

何怨平生位不骄，宗舜遵尧，今更昌朝。弗如投趣话无聊。随意叨叨，扯扯唠唠。

桂殿秋·思往事（正体）

思往事，太心酸。青黄不接多粝餐。时经五月无煎煮，可想当年度日难。

生查子·昨夜雨犹酣（韩偓体）

昨夜雨犹酣，忖料夭红坠。本来已害愁，更若伤心事。雨过满山新，林茂群峰翠。谁问此中情，我言诉其味。

诉衷情·相聚（晏殊体）

故人相约半天程，一早车驰行。不知是否困顿，斜坐梦新成。

稀白鬓，若更生，笑相迎。进门欣羡，阔谈高论，唯避功名。

临江仙·淋雨（徐昌图体）

黑雨连云飘疾，俄而堤岸攀爬。徒行檐下笑驱车。道沿停暂避，滨近若无涯。

霖霏滞淫乘兴，田家心系桑麻。急忙疏圳用犁耙。同怜今睹事，无趣览残霞。

南乡子·父母苦忧愁（冯延巳体）

父母苦忧愁，详论缘何未事由。心愿养来成得凤，言休，何事能以善断谋？

随处作闲游，遍问青春语气浮。此类怨情何以判？无求，自苦英雄尽首丘。

诉衷情·友聚（毛文锡体）

新来邀友话元元。千遍拍栏杆。光阴易，念今番。豪气乃冲天。

回首海滩眠，厚安湾。说来往略在跟前，可循还？

清平乐·曲岸云树（冯延巳体）

曲岸云树，斜照将临暮。凑近风荷惊飞鹭，笑责皆因疾步。

梯径拐角边街，两翁对弈拉开。若问双方谁负，无须蓄意胡猜。

一剪梅·颂庐陵（周邦彦体）

缕数千年士子功，庐陵卓越，一展文雄。三千进士遍神州，尽瘁家邦，建树颇丰。

阡表谒文育世风，革新除弊，节用田农。文章道德尽人师，溯古追今，无过欧公。

西江月·时农（柳永体）

晓色闻声鸣鸟，晨荷芬馥幽香。耕人白昼种收忙，入夜罗衣时尚。

勿论郊区边远，概都欣赞时康。清吟雅饮赋兰章，胜却先时模样。

卜算子·唯有读书好（苏轼体）

黑发不通文，白首多烦恼。金色年华若过驹，转眼腌躯老。

观古鉴凡今，劝勉知书好。善虑多谋郊世尘，盛世时人造。

虞美人·夏夜（毛文锡体）

清辉朗朗天高洁，恰是云追月。倚窗斜睇满盈盈，风吹乏力且安行，已深更。

荷塘漫溢清芳列，青夜人声绝。苍茫霄汉闪悬光，诗人无寐忆酣觞，少年狂。

临江仙·夏夜（苏轼体）

千载误传蝉饮露，生来寄食神浆。荷池芳馥沁轻凉。朽翁从数友，会饮论诗商。

夜色沉江随偃月，戏童何故疏狂？适才江畔躲迷藏。想来孩子事，咧嘴笑彷徨。

渔歌子·山居

矮墙低檐倚犁耙，山田农事伴闲家。吟逸世，饮清茶，垂纶山叟胜官爷。

浪淘沙·永丰吟（正体）

庐陵北偏东，立县阳丰。绵延山色有无中。古寺楼台依翠绿，烟罩群峰。

老庙倚虬松，溪水匆匆。纯良鲜俪自然风。更有碑亭阡表事，忠孝欧公。

如梦令·成日残蝉惊吵（格一）

　　成日残蝉惊吵，惹得心烦气躁。独步柳堤沿，本处正迎归鸟。叹笑，叹笑。乃可蒙聋甚好。

鹊桥仙·七夕（欧阳修体）

　　银河浩渺，苍穹无际，喜幸鹊桥凝铸。此番盼切复年年，正为那、痴迷情苦。
　　怡然一聚，忽而辞去，且把缠绵吞吐。晨曦竞报闹雄鸡，更无奈、转年倾诉。

望江南·恩江好（欧阳修体）

恩江好，徒水汇洪流。侵夜歌声喧两岸，华灯辉照状元楼。人满戏汀洲。

宵会馆，茗荈溢香稠。穷径弯堤烟黛处，翠条风劲舞纤柔。江际好长休。

西江月·笑对花开落（正格）

笑对花开花落，欣悲云卷云舒。人生穷达又何如？百岁生涯犹露。

宠辱不惊闲定，云留无意凡徒。茫茫浩渺是江湖，任尔秋霜寒暑。

鹧鸪天·逍遥莫若正清秋（晏幾道体）

　　逍遥莫若正清秋，轻风爽朗好攸游。莺啼燕语伴行客，江浦清流随逸舟。

　　松虬轻，柳条柔。人生恰意所何求。城中朱户无风景，山野田头曲岸楼。

浣溪沙·白露（正体）

　　一缕雁风归本乡，斜晖残照菊初黄。楼亭映月荡池塘。轻露微寒侵木叶，遍山叠翠染容妆。清幽漫溢木樨芳。

唐多令·惜别（吴文英体）

何事惹烦愁？灵人应是由。纵经年、不念也缠纠。人道暮年方愿了，月明夜、倚层楼。

尘事任萍浮。随从江水流。奈心脾、不愿幽囚。周折几番仍不济，转而是、语音留。

浣溪沙·论言（正体）

陋巷论言雨水均，今年胜却往年频。天然灌溉少辛勤。纵目田园齐赞悦，览观山色尽清新。一枝残艳也撩人。

忆秦娥·重阳节（定格）

秋风洁，桂枝馥郁霜枝雪。霜枝雪，层林醉染，最怜枫叶。

传承习尚重阳节，如歌岁月无重迭。无重迭，夕阳晖照，目娱心悦。

诉衷情令·冬夜寄怀（晏殊体）

寒风入枕夜孤凉。明月照松床。想来尘事纷杂，无寐向晴窗。

风号舞，雨清狂。惹愁肠。少年遥逝，怀道迁更，唯剩皮囊。

浣溪沙·忆昔（正格）

昔岁陋居粗布衫，常年粥菜少油盐。出门无故惹憎嫌。二十从戎巡海防，四年征阵守东南。战壕阔别盼书函。

渔歌子·垂竿二首（正体）

（一）

芦花飘处倚斜阳，寒露侵霜菊残黄。双溪汇，注恩江，堤边垂竿钓丝长。

（二）

斜阳西下荻花飞，风送疲惫钓人归。清行笠，洗蓑衣，篓空竿断勿嘲嗤。

天净沙·孟冬（马致远体）

　　湖堤柳岸蒹葭，野塘微浪残华，日暮门前生野。远翔云雁，几番沦落天涯。

菩萨蛮·冬日闲思（正体）

　　晨闻簌簌吹残叶，开门霜冻寒枝折。独自倚层楼，闲思无尽头。
　　新寒今胜昨，勿怨天情薄。骏马事长征，善民当乃诚。

如梦令·休怨人生不易（格一）

休怨人生不易，生活犹如对弈。遍阅五千年，多少浮沉可觅？何惜，何惜，再步先人踪迹。

鹧鸪天·偏爱山原宅里居（定格）

偏爱山原宅里居，波粼垂线钓渊鱼。浮名抛弃酒中趣，无利经营圣贤书。

宗唐宋，祖辛苏，三更平仄效贤儒。红尘于我新丰客，吟断千山向雅徒。

浣溪沙·秋思（正格）

静看双江垂柳堤，霜风狂放木衰疲。芦花识趣顺天时。
空有经纶仍落魄。少年青发换银丝。怨言不济为联诗。

忆秦娥·严冬（定格）

霜风冽，芦花飘尽寒枝折。寒枝折，虬松昂首，翠针凝雪。
围炉漫煮齐和悦，临窗顿觉风刀割。风刀割，朽翁无奈，酷寒威慑。

浣溪沙·小寒拾趣（正体）

无雨微风缓步闲，古城墙上享高寒。孤云如约两相怜。何故悄悄生眷意，几番思绪忆从前。眉端逐笑喜开颜。

如梦令·冬寒（格一）

一任寒风来横，身裹棉衣御冷。约莫要天晴，温转撩人机警。佳兴，佳兴，冬去春来听命。

鹧鸪天·一路驰骋若竞车（正格）

一路驰骋若竞车，沿途风景顺山斜。绵延碧色如图染，曲折溪流似饰夸。

山绕涧，路缠涯。七环八拐至农家。临楼览眺为时景，秋在边乡景忒佳。

鹧鸪天·中秋又国庆（晏幾道体）

今又良宵天下同，冷光玉镜挂乾穹。放情最是无眠夜，多少亲朋若遇逢。

迎国庆，颂康隆，金风催促稻香浓。同欢不意千杯满，共醉甘为万世雄。